깊은 산속 샘물

문장시인선 015 | 이재영 시조집

깊은 산속 샘물

인쇄 | 2022년 8월 25일
발행 | 2022년 8월 31일

글쓴이 | 이재영
펴낸이 | 장호병
펴낸곳 | 북랜드

　　　 06252 서울 강남구 강남대로 320, 황화빌딩 1108호
　　　 41965 대구시 중구 명륜로12길 64(남산동)
　　　 대표전화 (02)732-4574, (053)252-9114
　　　 팩시밀리 (02)734-4574, (053)252-9334
　　　 등록일 | 1999년 11월 11일
　　　 등록번호 | 제13-615호
　　　 홈페이지 | www.bookland.co.kr
　　　 이-메일 | bookland@hanmail.net

책임편집 | 김인옥
교　　열 | 배성숙 전은경

ISBN 979-11-92613-03-1 03810
ISBN 979-11-92613-04-8 05810 (E-book)

값 12,000원

문장시인선 15

깊은 산속 샘물

이재영 시조집

북랜드

시인의 말

초등학교 3학년 때, 할아버지께서 사주신 『시조 100수』 책을 뜻도 모르면서 학교를 오가면서, 또 들판에 뛰어놀면서 다 외웠습니다. 그때부터 시조와 초등학교 교과서의 동시를 좋아하여 모조리 외웠습니다.

중학교에 입학하니 국어 선생님께서 해주신 이야기 중에서 황진이의 고시조 '청산리 벽계수야'와 '동짓달 기나긴 밤' 두 편의 시조가 깊은 감동을 주고 가슴을 울렸습니다. 그때도 시조와 시를 너무도 좋아하여 교과서에 나오는 것은 모조리 외웠습니다. 산행할 때와 어울리는 시조나 시를 낭송하면 너무도 운치 있고 절정이라 시와 시조에 흠뻑 빠졌습니다.

이번 시조집은 『깊은 산속 샘물』입니다.
저는 말을 시작하자마자 선비이신 할아버지께 한문을 배웠습니다. 아홉 살 초등학교에 들어가기 전까지 명심보감과 소학까지 배웠습니다. 한문과 시조 100수 책이 시조와 인연을 깊이 맺어준 계기가 되었습니다.

대학에 입학하자 동기생들과 팔공산을 필두로 전국 유명한 산을 많이 찾았습니다. 그때마다 깊은 산속 돌 샘에서 퐁퐁 솟아오르는 샘물을 보고 마음을 정화시켰습니다. 산은 말이 없지만 복잡한 삶에서 고뇌를 잊게 했고 인내와 많은 깨우침을 주었습니다. 저의 시조 단 한 편이라도 저처럼 어려움에 처한 분들에게 깊은 산 속 샘물처럼 순화되기를 바라는 간절한 마음으로 표제를 정했습니다.

글에는 백지상태였던 저에게 수필과 시조까지 쓸 수 있도록 이끌어주신 장호병 교수님과 수필과지성, 달구벌수필, 문장 회원님들과 이 책을 내기까지 수고해 주신 문장작가회 관계자 여러분께도 깊은 감사를 드립니다. 여러모로 이끌어주신 문학미디어 박명순 회장님과 시를 쓸 수 있도록 깨우침 주신 민용태 교수님을 위시하여 문학미디어작가회 회원 여러분들께도 충심으로 감사드립니다.

다음 두 편 시조는 저의 시조와 시 쓰기에 많은 가르침과 깨우침을 주었기에 독자 여러분들께도 도움을 줄 것 같아 기술합니다.

청산리 벽계수야

청산리靑山裏 벽계수碧溪水야, 수이 감을 자랑마라.
일도一到 창해蒼海하면 다시 오기 어려워라.
명월明月이 만공산滿空山하니 쉬어간들 어떠리

*벽계수는 당시 왕족이었던 이원혼李源渾, 명월은 황진이의 기명妓名으로 자字다. 본명은 진이다.

벽계수는 "황진이를 만나도 유혹되지 않는다." 호언장담하고 다녔다. 황진이가 이 말을 듣고 사람을 시켜서 경치가 빼어난 만월대로 달밤에 유인하여 오자, 진이는 소복 차림으로 벽계수의 말고삐를 잡고 몰면서 옥이 구르는 듯 청아한 목소리로 청산리 벽계수야 하고 시조창을 읊으니, 도취된 벽계수는 자신도 모르게 말에서 떨어졌다. 황진이, "저를 내쫓으신다, 하셨다는데, 내쫓으시지요?" 벽계수는 부끄러워 어찌할 바를 몰랐다고 한다.

동짓달 긴긴 밤을

동짓달 긴긴밤을 한 허리를 베어 내어,
춘풍春風 이불 아래 서리서리 넣었다가,
어른님 오신 날 밤이어든 굽이굽이 펴오리라

* 봄바람을 이불로 형상화하고, 사랑하는 사람과 만
단정회萬端情懷를 한마디로 "어른님 오신 날 밤 굽이굽
이 펴리라." 사랑한다는 말 백 마디, 천 마디를 해도 이
뜻을 내포할 수 있으리…….

2022년 8월

차례

• 시인의 말

1 정情

2 우정과 인간애

3 자연과 인간애

4 산 따라 물 따라

5 가족과 친인척 사랑

6 반성과 깨달음

1

정情

둥지를 떠나면서 1

강산이 수차례 변하도록 한 울안 갇혀
도마처럼 새긴 흔적 남기고 돌아보며
교문을 떠나오던 날 봇물처럼 슬픔 터져라

교정校庭에 들고양이도 집고양이인 양 귀엽고
깨물면 똑같이 아픈 손가락 되어서
가슴을 돌 위에 놓고 찧는 듯이 아리다

함께 얽혀 있으면 냉가슴도 봄 동산에
눈 녹듯 녹여주던 동료들의 뜨거웠던
포옹이 가슴 메도록 그리움에 목멥니다

둥지를 떠나면서 2

교문에서 돌아보니 33년 자국 줄 서기에
한 자국 옮기다가 돌아보고 멈추고
그래도 어쩔 수 없이 발길 돌려 떠납니다

떠나면 올 수 없는 길이기에 안 보이던
일상의 도구들이 하나하나 손때 묻은
자국이 되어 다가와 떠나는 발길 멈춰 선다

죽음 직전 내가 살린 히말라야시다들도
고목 되어 슬픔 젖은 얼굴로 손 흔들어
영원히 떠나는 발길 돌아보고 돌아본다

신학기 초 첫날

소년 시절 교실에 나타난 흰 백합 한 송이
내 마음 활짝 열고 두 눈을 꽉 묶었다
그대를 처음 본 순간 움직일 수 없었다

새하얀 꽃잎에선 그대 가슴속 순결을
새빨간 꽃술에선 그대 가슴속 단심丹心을
빛나는 두 눈 반짝임 내 마음 씻어 빛난다

그대의 눈 속에는 샛별이 떠오르고
그 별은 내 가슴 찔러서 파도치니
이 마음 그대 눈 속에 등불 켜고 멈춘다

환상幻想의 소녀

보랏빛 교복에 머리 맵시는 물 찬 제비
난처럼 향기롭고 고고孤高한 기품은
내 마음 갈대처럼 흔들어 주체 못 한다

샛별 눈 쏘는 듯 날아와서 가슴 찔러
설레는 맘 못 잡는데 두 뺨에 고운 빛
포근한 미소 흘러서 이 마음 묶고 흔드네

찌는 듯 삼복더위 손발이 어는 삼동三冬에도
책상에 붙은 듯 자리에 앉아서 독서삼매讀書三昧
너무도 애처롭건만 이상은 높아 하늘 찌른다

국어 시간 낭독 음성 옥 굴리는 듯 청아淸雅하여
하늘 위에 선녀가 내려온 듯 정신 뺏겨
한마디 말 붙이기가 공주처럼 어려워라

임은 먼 곳에

쫓을수록 임은 멀리서 향기 풍겨
금방에 걸려있는 이름같이 빛나네
오늘도 가슴 메도록 그 사람이 그립다

임의 향기 난향처럼 풍기지는 않지만
세파世波의 풍진風塵 속에 곰삭은 그대 향기
강하게 내 가슴 열고 마음 깊이 울리네

꽃향은 내 마음 자극하나 그때 그뿐
임의 향은 은은하나 가슴속 뼈에 배어
반백 년 임 못 잊어서 끝이 없이 기다린다

불꽃 같은 사랑 1

불꽃 되어 온몸 타는 사랑을 하고 싶다
흰 재만 남아도 너와 하는 사랑이라면
주저함 없이 들어가 이 몸 활활 불사르리

욕망의 격정激情 속에 빠져 허공 돌며
가시밭길 헤맨다 하여도 너와 함께라면
불길 속 뛰어들어서 활활 타며 사랑하리

그리움에 몸부림치며 세월 흘러
온몸이 불덩이가 된다고 하여도
그대와 함께한다면 그런 사랑 택하리

불꽃 같은 사랑 2

너는 "이젠 만나자 해도 안 만날래."
한마디 말 남기고 떠난 후 전화 바꾸고
무소식 살아 있는지 죽었는지 함흥차사咸興差使

나는 네가 심어준 꿈 실천하여 수필작가
시인 되고, 서예 초대 작가로 내 글 속엔
그대의 이야기로 차, 꽃 피워놓고 찾고 있다

한 번쯤 생각나서 소식 줄까 기다리나
못 만날 인연이면 너를 위한 작품 써서
그대의 이름 빛내어 결초보은結草報恩하리라

세월 가도 사랑은 제자리 1

헤어지면 보고 싶고 만나면 말문 막혀
하고픈 말 못 하고 혼자 끙끙 가슴앓이
저 임은 어찌 그리도 이 마음을 모르셔

다음에 또 만나면 그때는 말하리라
수백 번 다짐하고 또 만나면 입이 붙어
그 말이 입안에만 뱅뱅 다시 안고 돌아온다

인생이 살다가 한 번 가면 끝인데
늦게 만나 희망과 기쁨도 찾았건만
그 기쁨 잡지 못하고 마음속에 가두네

그 임의 속마음이 무얼까 궁금하다
이젠 세상 풍랑風浪 겪을 것 겪었으니
마지막 잡은 행운을 누려 봄이 어떠하리

세월 가도 사랑은 제자리 2

보석도 가져보면 별것 아니요
사랑도 세월 가면 사라진다 하건만
나에겐 세월 갈수록 살아나는 그리움

너와 나 건강하여 맘먹으면 만날 때
서로 만나 하고픈 말 다 털고 즐기면서
마지막 잡은 행운을 누려 봄이 어떠하리

인생도 흘러가면 가는 세월 못 잡으니
우리에게 온 행운 즐기는 일 남았으니
우리가 더 늙기 전에 가끔 만나 유종 미 거두자

행운도 만들어야 오고 지켜야 빛나니
어렵게 잡은 행운 유종의 미 거두려면
만나서 기쁨 짓는 일 함께하면 어떠리

공산 폭포에서 추억 속에(2017. 3. 20)

24

짝사랑 친구

꿈 많던 학창 시절 가슴속에 온 별
잊지 못해 반세기 후 만나 우정 쌓고
지기知己 벗 문학 서예 꿈 내 가슴에 심었다

우리는 처음부터 생각들이 일치하여
공감하니 금방 지기지우知己之友가 됐다
그녀는 문학 서예 꿈 성취 위해 물심物心도 왔다

그녀 말 한마디는 천군만마千軍輓馬 힘주었고
어떤 어려움도 극복할 힘을 내게 심었다
사랑은 내 꿈을 이룬 원동력이 됐다 하리

오매불망寤寐不忘 못 잊는 벗 인연 닿아 만나면
이젠 놓치지 않고 그녀 도와 은혜 갚고
영원한 우정 쌓으며 즐기면서 향유하리

너나 나나 우리 만나면 안 된단 우려로
인연 단절했으나 이젠 그런 기우杞憂 버렸다
산수傘壽가 지난 우리가 만난다 한들 무엇을 하리

가슴속에 항성恒星

이 세상 뭇별 중 오직 별 하나 가슴에 와 박혀
언제나 저만치서 반짝반짝 빛을 밝힌다
그 별을 보고 있으면 길을 열고 용기를 주는 별

내 가슴에 깊이 박혀 금성처럼 반짝이는 별
그리워 다가가면 훌쩍 날아 멀리서 반짝인다
그 별은 내 가슴속에 사는 항성, 나를 지켜주는…

백조가 날아오는 먼 훗날 인연 닿아 만나면
받은 은혜 갚고, 한없이 고맙고 행복했다 하고
언제나 그리웠노라. 또 한없이 보고 싶었다 하리라

2010. 8. 9. 벗 생각에 잠겨

어느 날 온 소포

정원에 까치 와서 울던 날 온 소포
어느 임 나 위하여 귀한 책 보내신 듯
아무리 생각해 봐도 알 수 없는 그 사람

발신지란 빈 여백, 필체는 알쏭달쏭
이런 소포 보낼 사람 아무도 없는데
누군가 짓궂은 장난하는 게 분명한 듯

시집은 나의 가슴 울려주는 주옥珠玉 편篇
기氣 운동 책 힘 넘치는 생명의 샘물
어느 임 나를 위하여 소중한 책 보냈을까

　　　　　　　　　반세기 후 만난 짝사랑 벗 선물 받고

27

봄의 여인

달님이 예 오셨네, 색동옷 입으셨네
뭉게구름 너울 쓰고, 진주 구슬 신으셨네
흰 백합 꽃다발 안고 뉘를 찾아오셨나

귀공자 찾는 길에 내 동네 지나시나
이상도 하오셔라 내 집 향해 오시는 듯
죄송한 천치天癡가 되어 나아가서 물어나 볼까

그 임이 나를 찾아 먼먼 길 오셨지만
반백 년 지났으니 닮은 곳 하나 없고
백합꽃 할미꽃 되어 왈칵 솟는 큰 슬픔

실망과 좌절하며 나아가서 손잡으니,
이심전심 통하여 가슴 깊이 설레면서,
두 마음 하나가 되어 하늘 날아오른다

2002. 3. 20. 선녀와 나무꾼 되어 영원무궁 꿈꾸며

* 천치 : 백치 바보

어느 봄날 1

갑자기 꽃향기가 온 산야를 덮는다
둘러보니 아카시아 처녀들 살랑살랑
엉덩이 마구 흔들며 손짓하며 부른다

차 세우고 오르니 신동재에 아카시꽃 만발
금방 새 옷 갈아입고 백의 천사 아가씨들
나붓이 인사 올리며 함께 놀자 잡는다

한길 따라 고갯마루 수백 개 꿀벌 통
그 속엔 수백만 군사 길 막고 통행금지
길 한 치 열지도 않고 사람 접근 막는다

우리는 너희들을 치지 아니하며
멀리서 아가씨들 춤이나 구경하며
향기나 따가려 하니, 너희들은 꿀 가져라

어느 봄날 2

길 열고 그들은 일터로 날아간다
차 세우고 벗과 함께 산 깊이 드니
아무도 없는 공산空山엔 벌들만이 바쁘다

잔디 위에 자리 펴고 누우니 명당 자리
산새는 노래로 다람쥐는 재주로
옆에서 재롱떨면서 남은 음식 보챈다

봄처녀 보리밭 고향의 봄 4월의 노래
가곡을 부르니 맑은 바람 향기 싣고 와
노래는 끝없이 흘러 세월 흐름 잊는다

하늘엔 하얀 구름 조각배가 떠간다
우리 맘 후르르 날아올라 그 배 타고
한없이 푸른 저 하늘 떠돌다가 구름 속에 쉬리

2004. 4. 25. 신동재에서

30

임의 향기 1

파란 하늘 속에 하얀 구름 떠돈다
나룻배가 강을 건너 내게로 오려는 듯
저 배에 돛을 달아서 임에게로 가고파

임 함께 타고 저 바다 떠돌다가
해 지고 날 저물면 안개 속에 깊이 숨어
청상풍清爽風 이불 속에서 밝은 미래의 꿈 펼치리

임의 향기 2

어디서 오는 걸까 청정淸淨한 저 향기
난향인 듯 국향인 듯 내 마음 사로잡아
오늘도 가슴 메도록 그 사람이 그립다

임의 향기 고고孤高하여 내 닿지 못하건만
강하게 가슴 열고 깊이깊이 울리네
번뇌가 삭고 곰삭아 고고한 그대 향기

장미향은 내 마음 자극하나 그때 그뿐
임의 향은 은은하나 가슴속에 깊이 배어
꿈에도 못 잊는 마음 하염없이 기다리네

2006. 5. 9. 아카시아 꽃 필 무렵

32

행여나

파란 하늘 속에 하얀 구름 둥둥
양 떼인 양 평화로이 내게로 오는구나
행여나 임의 소식을 전해주려 오는지

저 양 떼 잡아두고 나의 편지 써 가지고
자나 깨나 그리운 맘 임 소식 전해다오
훌훌훌 짐 챙겨 갖고 임 뵈오려 가고파라

이상한 소포

청명한 봄날 날아온 소포는 하얀 상자
겹겹 싼 포장에서 나온 녹용에 놀란 눈
이름도 주소도 없는 소포 주인은 뉘실까

두 재는 친구의 것, 두 재는 부인 것 했으나
어느 님 우릴 위해 귀한 선물 보내신 듯
아무리 생각해 봐도 알쏭달쏭 그분은

장흥 조각공원 밤 줍다가 소나기에 쫓겨서
식당 노래방에서 노래 도중 어깨동무한 벗
"남자가 이렇게 약해." 놀라던 그 벗님 아닌지…

나에게 등불 밝혀 문학 서예 꿈 심은 벗
지금은 어디에서 이 마음 흔드느뇨
내 가슴 붉게 태우는 그 사람은 나의 은인

어렴풋 짐작 가서 전화하여 확인하고
"사람을 왜 이렇게 놀라도록 하느냐?"
아무런 말대꾸 없이 통쾌하게 웃기만 한다

평생 보약으론 사물탕 한 재제도 못 먹어본
우리 부부에겐 잊지 못할 큰 선물
그 벗을 위해서 평생 기도하면서 결초보은 맹세한다

　　　　　2004. 5. 20. 까치 와서 울던 날 벗 선물 받고 감사하며

난蘭

맑은 네 향기에 임인 듯 취하는데
청아淸雅한 네 모습에 그리움 솟아난다
풍진 속 번뇌를 삭힌 높고 높은 이상이여

네 향기 고고하여 내 네게 못 미치지만
꿈에도 잊지 못해 하염없이 기다리나
그대는 내 뜻 모르니 애간장을 녹인다

나 혼자

잔잔한 보슬비가 낙수落水 되어 소리 내니
무시無時로 그리던 벗, 일도 없이 기다려져
닫힌 듯 열린 곳으로 눈을 떼지 못하네

헤어진 지 십 년 세월 강산이 변했건만
전화도 안 바꾸고 하루 같이 기다리나
한마디 소식 없는 벗, 끝도 없이 기다려

죽기 전 만날 날 다시 한번 돌아올까
만나면 못 갚은 빚 모두 갚고 훨훨훨
그대와 나 하늘 날아서 구름처럼 떠돌고파

아름다운 옛날

그대 모습 수중水中에 연꽃처럼 아름다워
꿈에 본 선녀인 듯 눈앞에 아롱아롱
밤마다 잠 못 이루고 지난 십 년 벗 생각

밤 되면 찾아와서 소곤소곤 귓속말
죽기 전엔 못 떠날 듯 믿음 주었기에
내게도 하느님 은총 내리셨다 했건만

만나면 안 그런 척 가면 쓰나, 가슴앓이
말 한마디 못 하고 세월만 헤아리며
벙어리 냉가슴 앓듯 그 향기를 그리네

임 찾아서

파란 하늘 호수 속에 하얀 구름 떠돈다
나룻배가 강을 건너 내게로 오는 듯
저 배에 돛을 달아서 임에게 가고파라

임 만나면 함께 타고 저 호수 떠돌다가
해 지고 날 저물면 구름 속에 깊이 숨어
봄바람 이불에 묻혀 영원무궁 꿈꾸리

2000. 5. 20. 영취산 오르면서

반세기가 지난 후

네 향기 못 잊어 반세기 지난 후 만나
너는 내 가슴에 문학과 서예의 꽃씨 심어
꽃 피어 절정이 와도 소식 없는 벗이여

너는 옛 생각 나 언제쯤 돌아와서
네 말 실천하여 꽃이 핀 나에게
마지막 한마디 네 말 나에게 심어주리…

세월 흘러 강산이 변했건만 소식 없는 벗이여
오매불망 기다려도 소식조차 감감하니
활짝 핀 내 꿈 시들면 기쁜 소식 올는지

친구

만나면 기쁨 주고 헤어지면 그리운 벗
만날 기약 없건만 기다리는 이 마음
차 몰면 지척에 있어 금방이나 늘 먼 곳에

다가가면 도망가 잠깐 만나 다언多言 교환하나
심중 깊이 감춰둔 말 한마디는 끝내 말 못 해
그대로 안고 돌아와 혼자 끙끙 가슴앓이

사랑하는 사람아, 그리운 사람이여
오늘도 같은 하늘 아래에 서 있건만
그대는 항상 멀리서 반짝이는 나의 별…

설국雪菊

교정校庭에 노란 대국大菊 중 하얀 꽃 한 송이
눈 속에 피어 청아한 향기가 진동해도
그때는 그 꽃 예사로 그냥 보고 말았어요

그때 그 향기가 지금 와서 이렇게도
가슴 저미도록 그리울 줄 알았던들
그때에 하고팠던 말 한마디는 물어나 볼걸…

꽃향기가 아무리 진동해도 모른 척
세월 지나 그 꽃이 사무치는 아픔일 줄
그때는 깨닫지 못해 반백 년 후 애통한다

1954. 11. 5. 교정에 핀 국화 앞에서

사랑 단지

채워도 채워도 차지 않는 빈 단지
수십 년 채웠지만 차지 않는 나의 가슴
아무리 기막힌 일도 세월 가면 잊건만…

세월 가면 더 그리워 천신만고 얻은 기회
임 앞에선 입 붙어 사랑 고백 못 하여
그 기쁨 잡지 못하고 마음속에 가두네

그 임의 속마음이 무얼까 툭툭 털고
이젠 세상 풍랑 겪을 것 겪었으니
마지막 잡은 행운을 누려 봄이 어떠리

세월

가는 세월 못 잡고 오는 백발 막지 못해
하루가 삼추三秋같이 흘러가는 나날들
우리가 몇 번 만날지 꼽아보는 이 슬픔

다정한 벗 매년 줄고 내 갈 날 다가온다
그대와 만났지만 옛같이 편치 않아
그리운 그 옛날이여, 언제 다시 오려나

2017. 7. 5 지리산 대원사 계곡에서

44

2

우정과 인간애

동기동창회

반평생 세월 지나 모교 찾아가서
교문에 들어서자 하늘 덮은 고목들
지난날 뒤돌아보니 한 잎 두 잎 추억들

6·25 때 불탄 학교 학생이 지은 집 간곳없고
삼사층 벽돌집만 날 모른다고 도리질
내 심은 은행나무도 나를 몰라 도리질

그 옛날 그 친구들 이름은 맴돌건만
지금은 어디에서 무얼 하는 벗인지
모두 다 백학이 되어 알아볼 수 없어라

동창회 때 모교 방문 후 개천지에서(1986. 7. 25.)

해후 邂逅

오랜 갈망으로 이루어진 극적 만남
옛 친구 저만치서 기다리는 모습에
멀리서 눈빛 먼저 와 다가서는 이 기쁨

달려가서 껴안고 상봉하고 싶건만
담담한 벗님은 손 한 번 주지 않아
활활활 타던 불길이 짚불처럼 사그라져

주어진 시간은 제한된 두어 시간
어디 가서 어떻게 타는 열정 꽃피울까
피자집 창가에 앉아 새 맛으로 맘 접네

초침이 1,200번 지나가면 헤어질 운명에
가슴 졸이면서 두 마음 이심전심
두 눈빛 하나가 되어 봄꽃으로 피어라

운명의 시간에 떠나는 친구 배행 길
버스에 오르도록 안내 후도 못 잊어
멀리서 보는 뒷모습 애처로워 가슴 탄다

의미 있는 삶

내게 남은 너와의 기뻤던 추억보다
이 순간 너에게 이루고 싶은 일이
내게는 의미가 깊은 내 인생의 큰 기쁨

너와 나 사이에 지난 세월 기쁨보다
오는 시간이 꺼지지 않는 등불로
훨씬 더 소중한 일로 승화될 것이다

잊어가는 너와 우정 추억 감미甘味보다
지금도 사랑하고 있는 너를 못 잊는 맘이
나에겐 소중한 기쁨 한없이 더 아름답다

그대

평시엔 그대 차림 수수하나 멋 넘쳐요
나이 들면 고운 옷 입으라고 했더니
오늘은 그대의 차림 아름답고 고와라

주홍빛 고운 바지 진분홍색 속내의
하얀색 블라우스 연분홍 고운 무늬
설레어 곱단 말 한마디 속으로만 인사

홍안紅顔도 연한 화장 다듬어 예쁜 모습
화려하진 않지만 순박한 아름다움
우아한 고상함 넘쳐 한 떨기 하얀 수련

한때는 그 모습 미숙함이 더 고와
그대를 짝사랑해 등만 보며 따랐네
오늘은 인고 속 모습 완숙하여 미의 요정妖精

돌난과 영남 알프스 사자평 오르면서(2002. 9. 13.)

49

사랑의 요술 침

사랑은 요술쟁이 침처럼 신기한 것
가슴에 맞으면 삶의 활력 넘치고
맘속엔 기쁨 솟아나 꿈과 희망 꽃 핀다

눈에 맞으면 온 세상이 내 것 같아
부러운 것 없으니 가진 것 내어놓고
세상에 나누어주니 아 세상은 아름답다

귀에 맞으면 속삭이는 밀어는
생명의 샘물로 고이어 기쁨 주고
사랑이 요술 부리면 불멸不滅 묘약妙藥 되리라

기차 중에서

전화기 울려 받으나 반가운 그 음성에
귀가 번쩍 뜨이며 생기가 솟아났다
만날 날 없는 사람을 기다리는 이 마음

목소리만 들어도 기쁜 마음 행복 가득
십 년은 젊어진 맘 환하게 밝아온다
날마다 기다렸지만 오지 않는 그 사람

환청인지 생각인지 분명히 들었는데
전화기 들면 정적 그래도 기분은 절정
오늘도 꿈을 가지고 전화 오기 기다려

2005년 4. 25. 화창한 봄날

그때 그 사람들

한여름 상복 무렵 직소폭포 가는 길에
내소사 뒷산 관음봉 넘어가는 덱 목교
오르막, 길에서 만난 십대 청춘 연인

어디서 본 듯한 정이 가는 두 사람
"좋은 때입니다." 했더니, "감사합니다."
가볍게 동행된 친구 어찌 됐나 늘 궁금

서울 말씨 두 젊은이 봉화 적송赤松 같은 품위
준수한 용모에 잘생긴 풍모와 말씨에도
성실한 그들 친절미 넘치기에 벗이 됐다

가는 길 다르기에 잠깐 만난 인연
진심으로 성공하라 한 후에 작별한
그들이 내소사 하면 떠오르는 두 사람

2002. 7. 12. 직소폭포 가는 길에

깊은 산 돌샘 가 난꽃 앞에서

그윽한 네 향기에 임인 듯 취하는데
청아한 네 모습에 그리움 솟아난다
진애塵埃 속 고뇌를 삭힌 높고 높은 이상이여!

네 뜻 고고하여 나 네게 못 미치나
꿈에도 못 잊는 임 끝도 없이 그리네
그대도 내 뜻 모르니 애간장을 녹인다

그때는 네 뜻 몰라 꽃은 본래 그런 줄 알고
쳐다볼 줄 몰랐는데 때 지나서 깨우쳐
네 맘이 나의 마음임 몰라보아, 한 맺혀

판교유원지 계곡 가에서

첩첩 산마을 계곡가 마루 난간
의지하고 앉으니 흐르는 물 분수로
솟아서 떨어진 구슬, 진주로 반짝반짝

그 속에 오롯이 앉아있는 저 천사
그대는 청풍 되어 오월 신록 흔들면서
달려와 속삭이는 임, 자나 깨나 그리운…

온종일 함께 놀며 많은 말 교감해도
헤어질 땐 채워지지 않은 텅 빈 가슴
말없이 헤어진 후에 돌아서면 그리워라

그대와 만나는 일 얼마나 더 있을까
오늘도 조마조마 다음 건강 약속 못 해
그 옛날 행복한 때가 한도 없이 그립다

유원지 찻집에서

유원지 찻집에 들어서니 텅 빈 의자
창가에 좋은 자리 골라 앉았다
오롯이 앉은 저 선녀, 어디서 온 천사뇨!

노송 밀림 속에선 청상풍 솔 냄새
솔솔 풍기는 난향 같은 그대 향기
은은한 커피 한 잔에 우리만이 오붓해

만나면 끝없이 흐르는 이야기로
시간은 언제나 너무 짧고 부족하나
오늘은 계곡 청풍에 생기 나며 꽃핀다

교생을 맞으며

희망과 꿈으로 이상은 높아 하늘 찌르고
배우려는 열망은 눈빛 속에 불탄다
시절을 잘못 만나서 IMF 만나 조심조심

의지에 찬 기재가 꺾일까 봐 두렵고
티 없이 맑은 얼굴 주름질까 가슴 조여
불굴의 굳센 의지로 이 난관을 헤치소서

대구 경상여자중고등학교에서(1998. 5. 6.)

56

한순간의 행복

행복은 짓는 것, 만남이 우리는 행복
맛있는 것 사 먹고 이야기가 기쁨인데
호수가 걸어가면서 노래하면 기쁨 절정

오늘은 내 인생에 봄이 온 날 벗 만나
행복도 지어야 온다는 것 깨닫는다
계곡가 난간에 선녀, 어디서 온 뉘시뇨…

오래 별러서 만난 벗과 카페에 들어가니
텅 빈 자리 창가 앉으니, 쏟는 분수 기쁨 주고
차 한 잔 향에 취하니, 세월 잊고 나도 잊는다

시간은 어찌 이리 번개처럼 흐르느뇨
만나면 영원히 잡고 싶은 이 시간
이대로 갇히고 싶은 이 순간들 영원하소서

판교 부근 계곡 가에서(2017. 5. 27.)

찾아간 모교 1

모교 운동장에 하늘 덮은 느티나무
반백 년 세월 지나 나그네 되어 찾으니
어릴 적 고운 추억이 한 잎 두 잎 스친다

학생 손 땀을 모아 지은 흙집 간데없고
아담한 3층 벽돌집 날 모른다 도래질
내 심은 수양버들도 도래도래 도래질

그 옛날 그 친구들 이름은 맴돌건만
지금은 어디서 무얼 하고 있는지
만나도 학발이 되어 서로 알지 못하네

찾아간 모교 2

학창 시절 짝사랑 샛별 눈 와서 쏘던 벗
가슴에 박혀 있어 오매불망 그리운 임
오늘은 무슨 일인지 여기 어찌 못 오는가…

가슴에 꿈을 안고 천신만고 만든 자리
그 임은 무슨 일로 좋은 자리 못 오느뇨
가슴에 걱정이 깊어 모든 일이 다 시들

동기회 총무 10년, 세 차례 만든 자리
그 임은 어찌하여 한 번도 참석 않아
동기 벗 아들 결혼 날 소식 알아 지기지우 됐네

꿈속에 하룻밤

어젯밤 그 집에서 꿈 같던 하룻밤이
내 인생에 다시 올 날 없을 지상地上 선경仙境
꿈인 듯 생시인 듯, 체험 못 한 아름다운 곳

선경엔 선녀들도 무시無時로 강임降任하는 거기
오매불망 가고픈 맘, 사는 것이 무엇인지
내 생에 다시는 못 올 그때 그 환경 지상 천국

꿈 같고 현실 같아 확인하고 확인해도 현실
아침에 일어나니 모두 다 어딜 갔나 남가일봉南柯一夢
허망해 허탈한 맘도 애틋하여 잊을 수 없는 꿈

추석 쇠면 코로나 숙질까

방역 주사 다 맞으면 코로나 좀 숙질까

지금 세월 어수선 출타도 할 수 없어

지기 벗 보고픈 마음 하루 세월 삼추三秋구나

코로나 숙지면 벗 만나 목포 가서

섬 일주하며 이삼 일 즐기면서

못 한 꿈 성취하면서 지상 행복 누리리

벗 만나면 옛날엔 힘 펄펄 솟았건만

이젠 벗 만날 기력도 한계에 달했으니

지금은 무슨 보약도 소용없고 만남이 보약

감포 장길리 낚시공원에서(2021. 9. 11.)

은인의 둥지

그대 둥지 아무리 작고 초라해도
나에겐 궁궐보다 아름답고 포근해요
그곳은 벗이 사는 집, 정이 배어 있어요

그대의 얼굴에 깨벌레가 기어도
나에겐 그놈이 혐오스럽지 않아요
미물微物도 그대 미모美貌에 매혹했기 때문이요

혐오스럽다는 것은 그 대상이 아니요
마음이란 것 그대로 인해 깨달았소
당신은 영원한 나의 이상이요 별이어라

밤이 오면

깊은 밤 고요 속에 잠자리에 들어서면
어김없이 찾아오는 귀한 손님 소곤소곤
세파에 찌든 마음에 꿈과 희망 심어준다

온 세상 다 얻은 듯 기쁜 맘 가득하여
행복으로 채워지고 고단했던 하루가
사르르 풀어지면서 보람으로 꽃 핀다

그분과 지난 세월 아름다웠던 순간을
속삭이며 이 밤을 새우면서 즐겼건만
아침에 잠에서 깨면 허망하나 애틋한 꿈

쏟아지는 별빛 아래서

별빛이 쏟아지는 밤하늘 우러르며
달성보 둑 의자에 누워서 눈 감았다
돌샘 가 둑에 핀 난꽃 다가와서 안기다

힘껏 꽉 안으니 선녀와 나무꾼 되어
하늘 날아 둥둥 떠올라 구름 속에 묻혀서
깊어진 이 밤새도록 굽이굽이 꽃이 핀다

동해에 해 떠오르니 방실방실 앳된 얼굴
고운 해님 만나 푸른 하늘 떠돌다가
새하얀 구름에 묻혀 깊이 잠들어 푸른 꿈 꾸리

강정보 잔디원에서 (2021. 9. 10.)

추억의 날개 펴고

눈 감으면 나타나는 한 여인 무얼 할까
돌샘 가에 핀 난초꽃 살며시 다가오니
그윽한 향기에 젖어 그리움 해일海溢로 온다

고요한 밤 깊어가고 전동차 탄 청춘 남녀
즐기면서 지나가니, 설치미술 전시장엔
황홀한 불빛 유혹에 내 가슴도 두근두근

산수傘壽 지난 내게도 청춘의 피 남았는가
죽은 듯 잠자던 맘 가슴도 파도친다
강가 잔디밭 고와 자리 펴니 별빛 쏟는다

강정보 잔디원에서 (2021. 9. 11.)

교직에서 잊지 못할 동료

교직에서 첫 부임지가 대구 경상여중고
사회과목 교사인 이회욱과 자별했다
이분은 독실한 교인 기독교로 친절했다

선생님은 교재 기기를 잘 다루셨지만
과학 교사인 나는 몰라서 많은 것을 배웠다
나와는 친형님 같아 기독교인 되고 싶었다

선생님은 30대 중반 암으로 갑자기 서거하여
그때 친형을 잃은 듯 동료들과 오열했다
반세기 흘러갔지만 나는 그 형을 잊지 못한다

그때 그 향기 1

철모르던 어린 시절 너와 나의 우정
그 향기가 끊임없는 샘물로 흐른다
어릴 때 불장난인 것, 나는 아직 잊지 못한다

사랑의 불장난이 너무도 아름다워
꿈에 본 선녀인 듯 눈앞에 아롱아롱
지금도 눈을 감으면 나타나는 천사 순이…

그때 그 향기 2

언제 너와 나 다시 만나 그때 그 맘으로
온갖 장애 다 떨치고 선녀와 나무꾼 되어볼까
세월 가면 잊는다는 우정도 살아나는 그리움

죽기 전 우리 인연 와서 옛날 같은 날 오리
기다린다 그날을 끊임없는 마음으로
꿈이란 포기하지만 않으면 꼭 이루어지리라

3

자연과 인간애

초승달

해가 진 서산머리 떠오른 눈썹달
그 옛날 절세가인 아미蛾眉 마냥 고와서
눈앞에 초롱초롱한 생기 도는 조각달

갓 시집온 새 새댁 고향 부모 그리워
눈물 쏟는 날이면 잠깐 만나 달래는 달
오라비 만난 듯 기뻐 미소 지어 맞는 달

고향에서 보던 달, 시집 설움 매운 날 와
잠시 위로하고 떠나기엔 아쉬운 듯
애절히 손 흔들면서 서산머리 넘어간다

고향 부엌 서쪽 조각 대문 열고 들메
기슭에 초사흘 달을 보면서(1960. 5. 22.)

그믐달

초승달은 해 진 뒤 곧 떠올라 친구 많으나
너는 밤중 떠올라 아무도 없어 외로운 달
깊은 밤 잠 못 이루어 한 쌓인 원부怨婦나 독부毒婦

사무치는 원한에 눈꼬리 눈썹 위로 치솟고
싸늘한 새벽 무렵 외롭게 산책하며
캄캄한 밤하늘 지나 날이 새면 숨는다

너를 보면 가냘픈 몸 찬 새벽 수심 깊어
잠 못 이뤄 혼자 외로워 저러다가
고운 임 보지 못한 채 떠날까 봐 애탄다

풀잎에 맺힌 이슬

그믐달 눈썹 밑에 서릿발로 숨어서
깊은 어둠 속에 정을 쫓듯 품고 앉아
알알이 둥지를 나와 부화孵化하는 수정알

풀잎에 대롱대롱 쪽빛 하늘 꿰어놓고
떠오르는 햇살 안으면 영롱한 진주 구슬
내 영혼 빚은 뜨락에 깊은 시름 걷는다

아雅자방에서

소심정素心亭 오르면 솔바람 향기 싣고
사르르 불어와서 온몸을 휘감는다
그 향기, 사람 향 아닌 연꽃 향기일레라

연못 수중 천사 수줍어 수줍어서
꽃 대문 빼족 열고 반가운 듯 눈인사
시詩, 묵객墨客 애간장 녹여 한 눈 찡긋 화답한다

시인들 시침 떼고 취향 따라 차 한 잔
그윽한 차향 담아 주고받고 권하면서
시심詩心에 불타는 열정 가슴 가득 부푼다

* 아자방 : 청도 각북면 계곡 가에 있는 유명한 찻집
* 호박 : 시골 디딜방아의 방아고 밑에 있는 것이 호박임.
  화산석 호박에 물 담아 다양한 연을 기름

(2009. 7. 14. 아자방에서)

호박 샘에 핀 연

돌샘에서 방긋 이 미소 짓는 저 선녀야
곱게곱게 단장하고 그 누구를 기다렸나
날 보자 연잎 문 닫고 돌아설 듯 숨는다

가녀린 너의 모습 바람 불면 어쩌나
보고 또 보고 곁에 서서 너를 감싸건만
창자를 도려내는 듯 이 마음이 아프다

돌샘에 핀 수련

아자방 돌샘 연못 속에 갇힌 선녀야
예쁘게 단장하고 누구를 기다리나
날 보자 빨간 얼굴로 돌아설 듯 문 연다

불그레 고운 얼굴 꿈에 본 듯 그리운 임
아자방 한 귀퉁이 사람 없는 거기 피어
내 마음 칼로 베는 듯 창자 속이 아리다

수련

아자방 돌샘에 갇혀있는 저 선녀야
청초한 너의 맵시 곱고 고운 요정이나
어디서 호화로운 삶 여기 와서 서럽구나

네 운명 기구하여 호수 연못 그리면서
왜 하필 좁은 호박 구석진 거기 피어
창자를 바위에 놓고 빻는 듯이 아리다

  * 호박 : 옛날 디딜방아 방아고 밑에 돌 호박

(2009. 7. 17. 아자방에서)

육신사六臣祠

세조 때 단종 복위 운동하다가 발각되어
삼족三族이 멸문지화滅門之禍를 입은 성삼문 박팽년
그 외에 이개 하위지 유성원 유응부 등등

6명으로 자손이 다 없으나 천우신조天佑神助로
박팽년만은 임신한 처 남아 출산 종아이와
바꾸어 살아남아서 봉제사奉祭祀를 받들었다

그날 밤 꿈속에 사육신死六臣이 문밖에 보여,
사당祠堂 짓고 함께 제사 받드니 육신사다
임들은 떠나셨지만 그 이름은 불멸不滅하리라

대구 달성 육신사六臣祠

대구 달성 하빈면 묘리 164호 집
입구엔 하목정, 옆에는 도곡재다
하목정 배롱나무길, 도곡재는 능소화 유명

백일홍은 충신 상징으로 도곡재 능소화
모두 활짝 피어 아름다움 절정이나
사육신 충정忠情 상징인 붉은색엔 슬픔 가득

멸문滅門의 화禍 입어서 다 자손이 없으나
박팽년만 자손 있어 육신사 세우고
사당엔 사육신 위패 모셔놓고 분향 제사

정치인은 세도勢道가 하늘 찔러도 악명만 남고
세월 가면 잊으나 충신은 영원히 이름 남지만
세도가는 악명만 높아 사필귀정 당연사

잊히지 않는 야한 연

그 연은 낮엔 죽은 듯 숨어있는 숫보기
밤 되면 짙은 화장 곱게 꾸민 요정妖精
옆 총각 야간 산행길 숨어서 훔쳐보는 듯

그대는 밝은 대낮 그만두고 밤에만
그토록 아름답게 단장하니 무슨 꿍꿍이
옆집에 노총각 바람 기다리는 야한 연

야한 너도 말탄 총각 나오자 연잎에 숨어서
훔쳐보다 들킨 듯 홍당무 얼굴이 되어
다시는 보이지 않는 천하일색天下一色 고운 연蓮

2005. 7. 20. 충북 청원군 내수읍 은곡리
김성구 씨의 연꽃과 다육이 아름다운 집에서

하얀 수련

양수리 연꽃단지 피어 있는 하얀 연아
양수리 넓은 강변 모두 연못인데
너는 왜 비좁은 단지 논 구석에 피었느냐

청초한 네 풍모風貌 곱고 고운 요정妖精이라
어디서 호화롭게 살다가 눈물 세월
내 가슴 바위에 놓고 찧는 듯이 아리다

난꽃 향기 진동하던 날

청초한 네 미모와 고고한 기품은
너를 따를 자 없어 홀로 우뚝하다
내 너를 잊지 못함은 청정무구淸淨無垢 네 향기

청아한 네 얼굴에 반개半開한 그 미소
내 가슴 활짝 열어 널 위해 온갖 정성
봄부터 늦가을까지 오직 네게 다 바쳤다

지금은 가을 깊어 너도 긴 휴면기休眠期에
뜻밖에 꽃망울 맺어서 기쁨 주니
아, 나의 이 기쁨 하늘 날아오르다

숱한 세월 인고 속에 다져진 네 향기
고고한 네 모습 티 없이 밝은 미소에
내 가슴 애모愛慕 정 가득 넘치면서 흘러라

대구 경상여중고 교무실에서(1972. 11. 15)

팔공산 묘봉암 가는 길에

바위고개 능선에 억새꽃 나부끼고
알록달록 타는 단풍 형형색색形形色色 고운 길
옛 추억 길 따라가면 그리운 임 기다릴 듯

빨간 길 지나가면 빨갛게 익는 얼굴
노란 길 지나가면 노랗게 타는 가슴
젊음이 타오르는 길 멀리멀리 가고파라

산들바람 불어오니 우수수 지는 낙엽
나비처럼 날아올라 파란 하늘 수놓으면
떠난 임 올 것 같은 길 옛 추억 따라간다

차곡차곡 쌓인 낙엽 색동으로 엮인 길
호젓한 옛 길에 낙엽 밟고 지나가면
바스스 그리운 향수 가슴 가득 차오른다

팔공산 묘봉암 가는 길에(2007. 10. 15.)

내연산 폭포골

보경사 돌아가면 용트림 토하는 물
열두 폭 솟구쳐서 진주 구슬 쏟는다
저 구슬 염주로 꿰어 백팔번뇌 씻어볼까

폭포를 지나갈 땐 산 울리는 물소리
청천晴天에 천둥이라 정신 번쩍 드는데
쏟는 물 소나기 되어 삶의 지혜 깨친다

열두 곳 폭포마다 계곡물 거울이라
그 속에 돌과 바위 해금강 천태만상千態萬象
수억 년 다듬은 역사 그 속에 빛난다

내연산 폭포골 계곡에서(2007. 7. 11)

83

휴휴암

사찰 입구 들어서면 동으로 열린 바다
첫새벽 일어나서 목욕 후 단장하면
파도가 나그네 마음 옥빛으로 씻는다

바닷가 용바위에 부처님께 나아가서
미진도微塵道 떨치려고 그 앞에 합장하면
노승의 독경 소리에 정신 번쩍 솟는다

임 앞에 석상石床 된 채 삼매경에 빠져들면
울리는 종소리가 삼라만상 깨우니
해맑은 붉은 태양이 부처 모습 짓는다

내연산 폭포골 가는 길에

연산폭포 가기 위해 폭포골 들어서니
차 댈 빈 곳 못 찾아 되돌아 나오니
경로당 봇도랑 가 그늘 좋아 명당 자리

풀밭에 자리 펴니 폭신한 침대 같고
노송 느티 정자엔 산새 노래 다람쥐 묘기
흐르는 물속에 잠긴 발마사지에 행복 가득

차 댄 옆에 텐트 치니 아늑한 보금자리
별장에 들어가니 초승달이 문안 인사
물소리 자장가 불러 열대야는 먼 나라

보경사 마을 봇도랑 가에서(2013. 7. 21)

난꽃 핀 계곡에서

깊은 산골 바위틈에 뿌리박고 똬리 틀어
우로雨露 받아 사노니 청정한 네 향기는
아무도 따를 자 없어 홀로 우뚝하구나

내 너를 짝사랑함 그 향기를 못 잊어서
한평생 등만 보고 쫓았건만 이제는
마지막 네게 받은 빚 청산하고 하늘 훨훨훨

숱한 세월 인고 속에 다져지고 곰삭아
그윽한 네 향기 고고하고 청아하여
내 마음 애모의 연정 가득 넘쳐흘러라

백합 같은 내 동무야 1

나는 소년 때 한 소녀를 짝사랑하여
그 앞에 서면 가슴 두근구근 말문 막혀
그 말은 표현 못 하고 다시 안고 돌아왔다

한평생 잊지 못해 네 생각 확인하려고
동기회 모임을 세 차례 주선했지만
그녀는 한 번도 참석 않았지만 못 잊었다

퇴직 후 아파서 저승 문턱에 갔다가
짝사랑 못 잊어 돌아와서 용기 얻어
반세기 후에 찾아가 만났더니 지기知己 벗 되었다

백합 같은 내 동무야 2

그녀는 생각과 추구하는 일 나와 일치하여
그대는 내게 문학과 서예의 꿈을 심어서
후반기 내 인생 꽃핀 은인으로 우뚝 섰다

우리는 그 후 삼사 년간 수차례 만나
명산대천名山大川 다니면서 "동무 생각" 합창하며
학창 때 그날 추억을 되새기며 즐겼다

그때가 내 인생의 후반기가 꽃핀 초석礎石
네 말 한마디는 내게 천군만마 힘주어
내 인생 절정 최성기最盛期 되었으니 내 어찌 잊으리…

아름다운 새소리 울려 퍼지는 청라青羅 언덕 위에
백합꽃 피면 나는 네 향기 맡으면서
찌든 삶 눈 녹듯 잊고 모든 슬픔 사라진다

산은 마음의 낙원樂園

낙조落照에 산에 오르니 촉촉한 땅에
울창한 수목樹木들은 반짝반짝 빛나면서
넘치는 생동감 몸속 깊숙이 스며온다

산을 넘는 태양이 달같이 되면
뚝뚝 떨어지면서 찬란한 놀빛 타며
바다는 황금물결로 들끓으며 반짝인다

노을빛으로 타는 서쪽 하늘 산
들, 숲, 내 마음도 곱게 탄다
산은 내 고향, 어머니 품속 같다

바위에 비껴 누워 성큼성큼 떨어지면서
집채보다 커진 태양, 바다란 괴물 입속으로
태양은 불덩이 되어 빨려드는 한 폭 명화名畵

황혼이 내리면서, 적막이 흐르고
동녘 하늘 위엔 떠오르는 둥근 달
이대로 바라보면서 한 줌 돌이 되고 싶다

2005. 7. 16. 변산반도 적벽강 놀 속애서

달과 함께

고요한 산속에 은은한 달빛은
언제나 오던 길, 와병 후 걸으니
모두가 새롭고 고와 아름다운 명화 같다

빤하게 열리는 길 굽이굽이 울창한 숲
푸른 숲길 고운 임 그 속에 숨었다가
갑자기 뛰어나올 듯 내 마음 사로잡는다

청청한 하늘에는 아늑한 달빛 곱고
열리는 시야엔 환상의 불빛, 오랜 기간
오늘은 병마 탈출한 큰 기쁨에 달 따라 걷고 싶다

귀가에 소곤소곤 저 달이 내려와서
이 밤이 새도록 함께 걷고 싶다 하네
우리는 지기지우가 되어 날 새는 줄 모른다

1997. 6. 20. 허리 디스크로 오랜 병고病苦 후 범어동산에서

달밤

창 밖에서 누가 불러 밖으로 나갔다
아무도 없고 둥근 달이 빙그레 웃는다
달님은 수줍은 듯이 말도 없이 앞서간다

달 따라 이른 곳이 동네 앞 깊은 산속
소쩍새도 잠들고 벌레도 울지 않아
정적 속 달빛만 가득, 훤한 산길 명멸한다

고개 넘고 숲 지나니, 시가 위엔 환상 불빛
반공엔 둥근 달, 저 달이 속삭인다
"오늘은 밤이 새도록 함께 놀자." 하고

바람이 지나간다, 달도 가고 나도 간다
아무도 없는 빈 산에 달이 좋아 따라간다
깊은 밤 어느 임 올까, 지는 잎에도 귀 세운다

이 한밤 깊은 산에 누가 오리오만
산 넘어 가면 누군가 기다릴 듯
고요한 이 밤 깊도록 달 따라서 한없이 간다

2000. 5. 20. 밤 자정, 범어산에서

설악산 천불동을 지나며

쳐다보니 가물가물 산봉 위엔 천불상千佛像
그 위엔 하얀 구름 꽃 피고,
절벽에 걸린 물줄기 구불구불 용이 된다

저 물줄기 솟구치며 토하는 분수가
오련폭포 되어 물소리는 천둥 같고
청아淸雅한 소리가 미진微塵도 씻어준다

그 물길 떨어지며 바위 갈고 닦아서
천태만상 명화名畵 그려 박아 놓으니 옥돌이요
투명해 수십 길 물속 돌 바위 비쳐, 내 맘도 비칠 듯

백담百潭에 고인 물은 물마다 거울이라
수정 물 금수청산錦繡靑山 박아 그 속에 잠긴
내 맘도 미진微塵 씻어서 티끌 없는 파란 거울

철다리 위에 우뚝 서서 내려다보니
지그재그로 내려가는 끝없는 철다리도
청산 속 붉은 색깔이 장관으로 운치 더한다

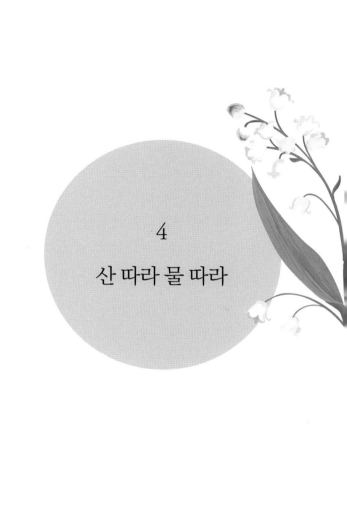

4

산 따라 물 따라

깊은 산속 샘물

돌샘에 고인 물이 물마다 거울일레

거울 속에 잠긴 얼굴 봉봉이 기암奇巖일레

그 속에 잠긴 나그네 마음까지 비칠 듯

퐁퐁 퐁 솟아올라 끝도 없이 흘러넘쳐,

돌과 바위 갈고 닦아 모양도 천태만상千態萬象

빛조차 깨끗하여서 내 마음도 돌샘 물

1996. 8. 16. 설악산 천불동에서
추병원 오세관 교사직 동료 함께

산나리

문복산 학소대는 물 맑고 넓은 바위
선녀탕 즐비한 중 학소대는 으뜸 비경
바위틈 난간 잡고 선 곱고 고운 높은 품격品格

물소리 솔바람 우로雨露 먹고 자란 너
한 점 티끌 허락 않는 청초한 네 모습
절벽에 붙어 서서도 웃고 있는 그 풍모風貌

내 너를 사랑함은 난처럼 고고孤高한 모습
전생엔 넌 꼭 사람, 못 잊는 나의 애인
세파에 고고한 기품氣稟 무너질까 애탄다

2012. 8. 20. 문복산 학소대 추억 속에 잠겨

초간정草澗亭

소백산 한 자락이 길게 뻗어 내려와
용문산 솟아올라 생겨난 계곡물
초간정 휘감고 흘러 신선들의 놀이터

정자에 오르면 절벽에 돌과 바위
누구의 작품인가 조각인 듯 자연인 듯
아무리 살펴보아도 공예처럼 정교하다

숨차게 달려온 수정물 숨 돌리면
푸른 소沼 거울 속에 초간정 선경仙境이라
선비들 휘도는 물에 시조 한 수 띄워주네

노송도 정자 안고 술 한 잔 취기 돌아
옛 시인 흉내 내며 흥얼흥얼 읊으면
그 옛날 선비들 시창詩唱 들리는 듯하여라

예천 용문 초간정에서(2002. 4. 29)

내연산 향로봉 가는 길

향로봉 가는 길은 굽이굽이 숲의 터널
청하계곡 아기자기 자연이 빚은 예술
닫힐 듯 열리곤 하는 병풍길이 열두 폭

거울 같은 물속에 바위벽 솟아올라
열두 폭 폭포마다 백옥 구슬 토해낸다
저 구슬 염주로 꿰어 백팔번뇌 씻으리

내 마음 미진微塵도 다 떨치고 저 물 되어
솔 바위 산새들과 짐승도 친구 하고
앳되고 고운 날을 원 없도록 누리리

　* 향로봉 : 보경사가 있는 내연산 정상 봉

한 술잔의 물

황지연못 고인 물은 한 술잔의 물줄기
솟는 물 안 보이나, 졸졸졸 흘러넘쳐
지금은 가냘프지만 큰 강으로 자란다

그 물길 흘러가며 접시 물 받아 모아
힘 크면 바위 뚫고 산 막으면 돌고 돌아
낙동강 긴긴 젖줄로, 황금 옥토 낳는다

그 성질 거스르면 부수고 다 쓸지만
다듬고 보살피면 내 만족의 대동맥
4대 강 다듬는다고 원망 말고 가꾸자

프랑스의 센 강 부러워하지 마라
낙동강 나루마다 강의 문화 꽃피우면
우리 강 세계에서도 아름다움 으뜸 되리

낙동강 생태 탐방 다녀와서(2009. 8. 22)

초대받은 감포 횟집

대청에 동료 교사와 마주 앉으니 파도 소리
뒷문 밖은 끝없이 펼쳐진 모래 자갈밭
가슴이 탁 트이는 운치 마음 활짝 연다

진수성찬 차린 큰 대게 한 마리
놀란 가슴 큰 눈, 한 마리 값이 보통 것
열 마리 값에 더 놀라 얼른 맛을 보았다

소주 한 잔 따라 들고 건강과 만수무강을
위하여, 잔 박고 마신 후 게맛살 안주 하니
운치가 절정이기에 체험해야 가치를 깨닫는다

오늘은 학부모 덕에 융성한 대접 받아
"선생 똥은 개도 안 먹는다." 말하지만
교사한 보람이 절정이지마는 가슴은 천근

물새알 조약돌

감포 바다 몽돌 해변 친구 함께 걸으니
상쾌한 바닷바람 시원히 불어온다
물새알이라고 주면 알록달록 조약돌

나에겐 조약돌, 하고 주면 물새알
물새알은 날개 하얀 물새가 나온다
몽돌엔 풍경화 그림 탄생하여 나온다

물새알과 조약돌 너무도 똑같아서
몇 번이나 속아도 또 속으며 웃음꽃
온종일 속고 속으며 시간 가도 재미 쏠쏠

가을의 첨병尖兵

툭 치면 파란 하늘 쨍하고 금이 갈 듯
돋는 해에 풀잎 꿰고 대롱대롱 은방울
마시고 싶은 청랑淸朗함 가을의 전령사

들 건너 산속으로 코스모스 꽃길 열려
고운 임 손짓으로 내 마음 사로잡는다
빤한 길 달려서 가면 고운 임 기다릴 듯

따라가면 달아나고 쫓아 잡으면 신기루
아무도 없는 산속 혼자서 걸어간다
고요한 산속 빈 산엔 붉게 타는 저녁놀

외로운 산길에서 풀벌레의 긴 오열嗚咽
깊어가는 가을을 빠르게 재촉하는데
다랑논 노란 벼들은 가을 추수 재촉한다

2002. 10. 15. 범물동 산에서

선몽대仙夢臺

정자에 오르면 뻥 뚫린 눈앞엔
푸른 물 하얀 모래 한눈에 담겨오고
병풍에 그림인 강산 눈을 깜짝 홀린다

강모래 언덕 따라 수백 년 묵은 적송赤松
강 따라 뻗쳐 있어 첩첩산중 운치에
청상풍淸爽風 솔향기 가득, 가슴 활짝 연다

낙조엔 붉은 해가 강물에 내려앉아
찬란한 황금물결 출렁이면 서해 바다
노송에 걸린 붉은 해 뉘엿뉘엿 기운다

산 넘을 땐 하늘 산 물 내 맘도 붉게 탄다
세월 잊고 나도 잊고 인간사 다 잊으니
여기서 한 폭 빼어난 명화 속에 잠들고 싶다

예천 호명 선몽대에서(1964. 4. 20)

102

구름

대원사 거울 계곡 바위에 비껴 누워
청산 위에 솟아오른 하얀 구름 우러르면
구름도 내 마음 같아 못 떠나고 머문다

푸른 계곡물은 물마다 거울일레
거울 속에 잠긴 얼굴 천태만상 기암 바위
그 속에 흩어진 그림자 태고 찾는 나그네

푸른 산 계곡 사이 조각구름 동동 뜨면
망망 바다 저 배에 고운 임 함께 타고
한없이 맴을 돌다가 구름 속에 잠들고파

2017. 7. 3. 지리산 대원사 계곡에서

피서

계곡 가 물 언덕에 별장을 지어놓고
거울 물에 미역 감고 들어와 눈감으니
밤 깊어 고요한 이 밤 다 새도록 물소리

어젯밤 물소리는 괴로운 난타亂打 소리
오늘 밤 여울 소리 자장가 불러주네
여기가 지상의 낙원 행복 겨운 여름밤

도심의 열대야엔 잠 못 이뤄 뒤척이나
물 맑고 바람 쾌적 선경이 여기이니
세월이 꿈결 같아서 안타까워 애탄다

2007. 8. 18. 주천계곡 운일암, 반일암에서

거창 기백산에서 1

야영장 산자락엔 매미가 할퀸 상처뿐
사람 없는 계곡 가에 텐트 피皮로 집 짓고
밤 되어 그 속에 드니 쥐 죽은 듯 고요하다

산속엔 칠흑 어둠 바위 너머 짐승 울음
바삭바삭 다가오는 발자국에 가슴 오싹
그대는 잠이 드셨나 숨소리도 없구나

외로이 맘 졸이며 생각 깊어 뒤척이니
계곡 건너 외딴집엔 불빛만 깜박깜박
나 혼자 잠 못 이루어 긴긴밤을 지킨다

해맞이

이튿날 새벽 해 맞으러 산정山頂에 오르니
바로 옆에 외딴 산장, 간밤 떤 일 부끄럽다
다음 밤 운치 절정에 여기 사흘 무릉도원

야영장 옆 계곡 바윈 옥돌 물은 거울
그 속에 사람 없어 나와 벗만의 지상천국
명경수明鏡水 상쾌함 속에 인어人魚 되어 지상 행복

밤 되면 별장에서 된장 멸치 양파 국에
상추쌈 밥 별미에 진수성찬 어디 또 있으리
별장엔 조각달 별들 소곤소곤 밤 깊어라

지상천국에서 3일간, 2003. 9. 7~9.

거창 기백산에서 2

태풍 매미 아니면 여긴 인산인해
사람은 그림자도 없는 거울 물 바위 계곡
오늘은 우리의 천국 여기가 곧 선계仙界일레

사흘 후 집에 오니 가족 이웃 소중하고
만나는 사람들이 다 반기는 귀중한 사람
그 후에 나의 생각이 천지 차이로 바뀌었다

사람이 옆에 있는 그 훈기薰氣도 소중하고
무인고도無人孤島 살다 온 듯 이웃이 반갑다
사람은 체험해 봐야 몰랐던 일 깨닫는다

거창 기백산 야영장 선계 3일 후 깨달음(2003. 9. 7~10.)

* 매미 : 2003. 9. 6 발생하여 제주도를 강타하고 전국에 막대한
  피해 주고 13일 울릉도를 쑥대밭으로 만든 초강력 태풍.

내연산 연산폭포

보경사 돌아들면 용트림 토하는 물
열두 폭 솟구쳐서 물소리 천둥 같아
쏟는 물 소나기 되어 삶의 열기 식힌다

폭포 골 지나갈 땐 산 울리는 물소리
쏟아지는 열두 폭에 하얀 구슬 토한다
저 구슬 염주로 꿰어 백팔번뇌 씻으리

폭포를 지날 때는 물소리 천둥 같아
맑은 날 날벼락에 간담이 서늘한데
쏟는 물 소나기 되어 삶의 열기 식힌다

열두 곳 폭포마다 계곡물 거울이라
그 속에 돌과 바위 해금강 천태만상
수억 년 다듬은 역사 삶의 지혜 깨우쳐

2007. 7. 11. 내연산 연산폭포에서

108

산골짝 옹달샘 1

깊은 산골 맑은 샘물 누가 와서 먹나요
다람쥐가 넘나들다 먹고 가지요
깊은 산 맑은 샘 속엔 하얀 구름 놀다 가요

깊은 산 맑은 샘물 옹달샘 가에는
아름다운 들꽃이 항상 웃고 있지요
꿀벌이 목말라 와서 꿀도 따고 사랑도 해요

산골짝 옹달샘 2

깊은 산 옹달샘 가 억새 풀밭 위에는
풀 뜯던 노루들이 목이 타서 왔다가
황급히 물 마시다가 옹달샘 보고 두 눈 동그라져요

노루들은 겁쟁이 천치 바보 제 얼굴도 모르는
주르르 뛰어나와 걸음아 날 살려라 줄행랑치니
산토끼 웃음 못 참아 까르르, 그때야 얼굴 붉힌다

산골짝 옹달샘 3

깊은 산골 맑은 샘가 사슴 한 마리
샘물 속 제 그림자 보고 동요童謠인 듯
반기며 다가오더니 실망한 듯 돌아선다

빠질 듯 긴 목 높이 세운 채 먼 산 바라보며
가족 그리는 외로움 씹으며 벅찬 향수 삼킨다
산 넘어 고향 그리워 부모 형제 소리쳐 부른다

감포 장길리 낚시공원에서 1

탁자 의자 지붕까지 덮인 명당자리
우리가 전세 낸 듯 독점하여 앉으니
아득히 열린 바다가 가슴 뚫고 활짝 연다

갑자기 수평선 위로 불쑥 솟는 섬 하나
섬이 아닌 크루즈 배 느릿느릿 다가온다
저 배에 타고 신나게 저 바다를 누비고파

낚시하러 왔건만 고기는 안 잡혀서
바닷가 걸으면서 시원한 바람 쏘며
즐겨도 운치 절정에 기쁨 넘쳐 좋은 휴식

감포 장길리 낚시공원에서 2

연오랑과 세오녀 전래동화 삼국유사에
전설로 부부는 동해 변에 사는 어부
큰 고기 타고 일본에 가서 왕이 되었다

세오녀는 바다로 간 연오랑이 소식 없자
혼자서 세월 보낼 때 큰 바위가 떠 있다
신기해 올라탔더니 쏜살같이 움직인다

세오녀가 바위 타고 일본 가서 남편 만나
왕비가 된 전설과 공원 빼어난 경치에
가슴을 설렌 마음이 오늘 하루 즐거움 절정

바다에 취하여

쨍쨍 내리는 땡볕 아래 절벽 첨벙 뛰어
파도 속으로 멀리멀리 빨려들면
바다 위 동동 떠도는 물새가 되어라

파도 속으로 쫓고 쫓기면 시간은 멀리가고
삶의 열기 식고 잡다한 생각 씻은 듯
나신 돼 모래에 굴러 모래 덩이로 누워라

바다와 물새 어우러진 모래톱 둥지
낭만과 꿈속에 젖어들면 몸도 마음도 가벼워
한참 더 젊어진 몸 맘 눈 감고 먼 추억 새긴다

그대는 나의 애인

언제 바라보아도 미덥고 든든한 그대
환한 얼굴에 하얀 미소 지으면서
반갑게 맞이해주는 바다 물결 당신

슬픈 사연들을 가득 쌓아 안고
아무리 쏟아놔도 넉넉한 품으로
포용해 묵묵히 볼 뿐 흔적 없이 덮어준다

당신은 맘껏 속이 후련하게 토하라며
다가오는 내 어머니, 증오와 원망으로
가득 차 뚝뚝 떨어진 내 눈물도 감싸는 천사

누구의 하소연이든 다 들어줄 뿐
바라는 것 하나 없는 그대는 성자聖者로
우주를 담은 항아리, 수만 인數萬人 사랑의 사자使者여라

가슴 활짝 여는 바다와 하늘

바닷가 정자에서 먼 수평선 바라보니
바다 하늘 닿아 있고 육지는 아름답다
나 혼자 정신 빼앗겨 바라보면 가슴 탁 트인다

밀려오는 파도 끝도 없이 와서 하얀 포말
나 홀로 파도와 장난하고 놀아도
상쾌한 해풍 내 마음 어루만져 끝없는 기쁨

오늘은 고기 낚시 왔지만 물고기 한 마리도
못 낚고 낚시 잃고 회 맛 꿈도 사라져
허탈한 맘으로 귀갓길인데도 보람은 크다

다음에도 가슴 막혀 답답할 땐 여기 오자
한맘 한뜻 모으고 돌아오니 오는 길 내내
오늘은 다시 찾아올 바다 안 것 큰 소득

2021. 9. 11. 추석 후 감포 장길리 낚시공원에서

5

가족과 친인척 사랑

나의 가족

현관에 신발들이 나란히 줄을 서서
아침 저녁 출입 때마다 얌전히 인사하면
내 어깨 천근이라도 힘 불끈 솟는다

밤 깊어 들어오면 비어있는 신발 세 켤레
딸아이 시집가고, 아들 두 놈은 살림나고
이제는 정다운 신발 줄 설 일이 없구나

세월에 무쇠팔뚝 근육질 다 풀어지고
짓누르던 무거운 짐 이제는 낙엽 한 잎
어느 때 갈지도 모를 신발 두 쌍 외롭다

나의 집 신발장

한때는 그 속에 크고 작은 신 가득 있었다
내 아이 삼남매 신 조카 질녀 남동생 친척
고향의 동네 아이들 신발까지 가득 찼다

이젠 그 신발들 제자리 찾아가고
언제 갈지 모르는 남은 신발 두 켤레
나란히 놓여있어서 쓸쓸하고 한가롭다

아끼던 신발들 말짱해 버리지 못해
한곳에 모아둔 찌그러진 신발들이
내 얼굴, 역사로 남아 지난날을 돌아본다

그 앞에 서면 회상의 날개가 펼쳐지면서
나의 군상群像들이 삶의 모습 필름처럼
돌아서 나와 지난일 명경처럼 보인다

2012. 3. 6. 서울 다녀와서

성조현聖鳥峴

속으로 불러보면 올 것 같은 빤한 고개
나직한 언덕배기 바윗돌 위에는
어머니 굽은 등 같은 신발 두 쌍 놓여 있다

두둑한 신발 바닥 갉아먹은 모진 길
신발에 못이 되어 상처가 박혀있어
얄팍한 신발 뒷굽이 다른 언덕 또 낳았다

나는 그때 저 고개가 아픔인 줄 몰랐건만
불볕에서 일하는 자식들 등, 볼 때마다
저 등이 대대로 낳을 모진 언덕임 깨닫는다

2007년 6월 28일 성조령에서

어머니와 아버지

꽃이 진 상처에는 열매가 영그는 밤
박꽃같이 아름다운 생전에 임의 모습
이제는 그리움으로 순간순간 피어납니다

마당에 멍석 깔고 모깃불 피워놓고
누워서 추억의 책장 넘기면 쏟아지는
별 함께 임의 목소리 가슴으로 듣습니다

세월의 나이테가 쌓여갈수록 그리워
꿈에도 잊지 못해 밀려오는 해일처럼
지난날 향기 그리워 자주 찾는 고향 집

동생 사는 옛집에는 동생은 먼 길 가고
제수씨와 질녀는 들에 가고 텅 빈 집
부모님 옛날 추억만 떠올라서 가슴 멘다

내가 심은 배나무 고목엔 옛 추억만 주렁주렁
대문에 나와 앉아 "너 오느냐?" 반기시던 임
이제는 아무 말씀도 없으시고 고요한 정적…

                                    2010. 4. 20. 고향에 가던 날

아버지에 대한 한恨 1

아버지 생전에 주말 오기 바라시다
대문에 나와 앉아 "너 오느냐?" 한마디
이제는 고향에 가도 아무 말씀 없으셔

한밤중 동생 전화 "아버지 가실 길 바쁘셔
내 형에게 전화해라." 동생의 우는 음성
콜택시 불러서 타고 도착하니 잠드신 아버지

아직 온기 남은 아버지 안고 울어도
눈 한 번 뜨지 않고 하늘로 승천하셨다
동생의 품에 안겨서 맏아들만 찾으셨던…

아버지에 대한 한恨 2

그때는 형편 안 돼 못 모시고 형편 되니
나무가 고요하려 하나 바람이 그치지 않고
자식이 효행 깨치니 부모님 기다리지 않으셔라

만나는 사람마다 아버지의 옛이야기
입은 은혜 못 갚은 빚 부메랑으로 돌아오니
지난날 야속했던 임 이제 알고 목메어

묘소에 찾아가니 봉분은 잡초 덮고
풀잎엔 눈물방울 돌아보면 후회뿐
생전에 못다 한 효도 뼈아프게 사무쳐

1998. 7. 20. 고향 선산에서

등잔 밑 어둡다가 잘 보여

등잔 밑 어둡고 먼 곳이 잘 보였다
산수傘壽가 지나니 팔불출八不出 되었는지
이제야 가까운 곳도 잘 보이나 늦은 반성

남의 밥 콩 크더니 내 밥 콩 더 커 보여
이제야 철들어 사람 구실할까 하니
팔불출 좋음 깨닫자 삶 끝자락도 보인다

있을 때 잘하잔 말귀 밖으로 들리더니
그 말도 지금은 가슴 깊이 박힌다
인간사人間事 항상 엇박자 있을 때 잘하자

당신 1

내겐 오직 당신이 있어 바른길을 찾았습니다
내 부족함을 채워주고 용기와 힘 준 사람
소망과 꿈을 키웠고 나의 삶을 소생시킨 샘물

봄날 마른 가지에 물줄기가 차오르듯
당신은 내 삶을 소생蘇生시킨 큰 물줄기
때로는 쉽게 지치고 힘들 때면 당신은 나의 별

당신이 있기에 오늘 최선을 다해 살아갈
힘과 용기와 생명을 얻는 빛이요
길을 밝혀주는 인도자로 사랑의 사자使者입니다

당신 2

나는 목마를 때마다 당신에게 귀의歸依합니다
그때마다 당신은 내 곁에서 속삭입니다
"그대의 곁에는 내가 늘 지키고 있어요."

나는 그때마다 바른길을 찾아갑니다
당신 때문에 기쁨과 사랑을 알았고
봉사와 감사하는 맘 배우고 깨우쳤습니다

세상이 무너져도 내 곁엔 당신이 있어
꺾이지 않는 힘과 불변의 신념으로
세상을 밝게 열어 갈 용기와 힘을 얻습니다

2006. 4. 20. 밤 자정 정적 속에

딸이 면사포 쓰고 떠난 후

면사포 쓰고 딸이 떠나던 날 내 가슴 평온했다
정 많은 이 딸 손잡고 예식장 입구서 눈물 쏟는다
나에겐 정 메말랐나 아무 생각 없이 담담했다

해가 지고 딸이 안 와도 내 가슴은 고요했다
나날 흘러 세월 가도 딸 방은 굳게 잠겨있다
문 열고 딸이 있는 듯 들어가니 빈방엔 정적뿐

딸이 수놓은 장미 액자 다가와 안기니
액자를 잡고 눈물 쏟으며 목이 멘다
세월이 갈수록 딸 간 빈자리가 외롭고 쓸쓸하다

정원이 아름다운 집

범어성당 남쪽 240평 대지 허름한 집
정원은 배 사과 복숭아 대추 감 과수원
가을엔 과일향기가 온 집 안에 가득하다

봄에는 배꽃 복숭아꽃 사과꽃 조화 이뤄
아름다움 절정에 오는 사람 놀라고
달밤엔 이화월백梨花月白 시 한 수에 운치 절정

가을 되면 배가 황금빛으로 익으면
어린이 머리 크기 배 주렁주렁 열어
사람들 입에는 군침 가득 고여 기쁨 준다

보는 것이 더 좋아 딸 수 없어 완숙 후
뚝 따서 한입 물면 입안에 설설 녹아
달콤한 물 입안 가득, 오묘한 향 풍긴다

범어1동 범어성당 서편 집애서

반평생 산 범어4동 2층 양옥집

살던 집 천오백만 원 받아서 삼천만 원 집 샀다
셋방 놓아 양옥에 사니 아이들이 좋아 뛴다
내부는 춘양목이라 반세기 후도 새집 같았다

3층집 방 8, 2층 세놓고 6개 사용
나의 서재, 자식들 공부방 2, 큰방, 조카 방 2개
내 생활 터전 잡히니, 아이들이 더 좋아한다

이 집에서 자식들 대학 대학원 마친 후
취업 결혼 우리 집 중대사 다 치렀으니
이 집은 행복을 준 집, 영원무궁 기억될…

집에서 나서면 대공원 산 연결되어
해맞이 낙조 운치 즐기기엔 딱 좋은 산
날마다 산에 올라 건강 찾으니 기쁨 절정

반세기 살았으니, 옛날 지어 비 새고
겨울철엔 추워서 팔았지만 못 잊는 집
지금도 그곳 지나면 가던 길 멈추고 못 떠난다

범어4동 205-7호 집 생각에

오순도순 정 넘친 집

한 집에 일곱 가구 살았지만 정 넘쳐
점심때는 부인들 샘가에 둘러앉아
정원에 배추 상추로 즐긴 후에 후식은 배였다

집집이 가난하게 살았지만 다툰 일 없었고
계사로 꾸민 방 집은 볼품없어도
아무도 이사 가는 집 없었으니 사람 향기 넘쳤다

언제나 시골처럼 대문은 활짝 열어
이웃집도 무상출입 사람 향기 물씬 났다
좀도둑 심했지만은 진돗개가 잘 지켰다

영리한 진돗개는 남이 준 먹이 먹지 않고
주인집에 온 손님 금방 알아 짖지 않았다
밤에는 풀어놓으니 도적, 쾡이 얼씬 못 했다

언제나 눈감으면 주렁주렁 열린 황금 배
사과 복숭아 감 익어서 기쁨 주었고
배꽃이 만개한 밤엔 두견새 소리 잠 못 이룬 집

도시 가운데 살면서도 온갖 시골 운치 느끼고
집 나서면 범어산 새벽엔 일출 어스름 낙조
세상사 잊고 산 세월 반백 년이 꿈결 같았다

정 깊어 못 잊는 집

반평생 산 범어4동 반양옥 2층집
대지 70평에 마당 정원 넓고 반 지하방 둘
높이는 3층 집 같고 2층으로 뜰 옥상이 넓다

정원엔 단감, 단석류, 모과, 모란, 오가피, 불두화
현관 앞엔 영산홍, 철쭉, 주목, 오엽송, 수국이 있다
봄에는 봄꽃이 만개, 가을엔 대국 과일 향기 가득

마당 뜰 옥상 위엔 대국 화분 백여 개 놓여
꽃 피면 환상의 세계, 집에 들면 국화 과일 향기
방문객 공원 같다며 깜짝 놀라 침이 마르도록 감탄

2020년 3월 초 집 팔고 아파트로 이사

이사한 새집에서

내 집은 열여섯층, 아파트로 새로운 집
밀 창문 열어 놓으면, 먼 청산 달려오고,
강바람 산바람 와서 마음 씻어 새로워라

산행을 못 하고 불구로 은둔隱遁 십 년
답답한 맑은 날 거실 소파에 앉으면
눈앞엔 금호강 흘러 가슴 열고 푸른 산

가슴 활짝 여니, 스트레스는 저 멀리
무료한 마음, 문학과 서예에 정진 이십 년
거실에 앉으면 항상 산마루 가슴 탁 트인다

내게도 인생 만년 이런 행복 오리라곤
도시 살아 상상도 못 했건만 지금은 방 안에서
계절의 흐름 지키는 산지기로 행복 가득

깜박이는 촛불 1

깊은 밤 정적에 싸늘한 중환자실
동생은 깜박이는 촛불로 흐느끼고
내 마음 캄캄한 이 밤 하느님만 부른다

무수한 생명줄엔 생명액 공급에도
갈라진 논바닥에 쪽박으로 물 퍼붓기
생명이 생환生還하기엔 너무나도 고갈枯渴 든다

타들어 가는 명줄은 촛불의 심지 되어
몸 태워 무덤 쌓고 자멸自滅하는 최후에
그 몸은 점점 굳어져 새카맣게 탄다

초가 탈수록 잔명殘命이 줄어드는 이 한밤
생명선엔 촛농이 생生의 잔해殘害로 쌓이는데
창밖엔 무심한 유성 긴 꼬리를 흘린다

2007. 6. 25. 자정, 동생 병실을 지키며

깜박이는 촛불 2

깊은 밤 지키는 한양대학 동생 병실
무거운 침묵 속에 촛불 하나 깜박인다
심장이 멈출 듯 가쁜 숨 몰아 명 재촉한다

저 촛불 숨소리는 여리게 더 여려간다
가족들이 다 모여서 통곡을 참는 거센 숨결
촛불이 깜박 꺼지니 깊은 밤이 더 고요하다

울음소리 한 번 내지 못하고 삼키는데
전등 아래 매미들만 통곡하며 애도한다
까맣던 촛불의 얼굴 숙면熟眠 든 듯 평화롭다

2007. 6. 25. 한양대 병원에서

비운悲運의 산새

그대는 빈들에 꿈 모아 향기 피워 놓고
제단祭壇에 향연香煙으로 사라진 비운의 산새
벅찬 꿈 이루어놓고 미련도 없이 떠났다

백 년도 못 사는 삶, 천 년 살 듯 가꿔놓고
불타는 꿈 빛나던 눈 어디에 접어두고
묘역墓域 가 노송 가지에 앉아 울고 있는 산새여

실현實現도 못 하는 꿈 크게 키워 벌여놓고
미성未成 딸 축산 가르쳐 큰 짐 맡겨 못 떠나는가
열린 봉 성조현 정상 높이 앉아 애가 탄다

2007. 8. 5. 성조현에서

뻐꾸기

뻐꾸기 슬피 울어 저세상 간 동생인가
모내기 늦다 하고 독촉하는 저 소리
공주 딸 농사일 맡겨 저승 간들 잊으리

이루지도 못한 꿈 더 크게 벌여서
미성 딸 축산 가르쳐 그 짐 맡겨 못 잊는가
열린 봉 산정山頂에 앉아 지켜보며 못 떠나는가

종손 광암 공 서거

고향 가면 늘 버팀목 아재님 문중일 다 해 놓시고
임정臨政 경북 자금책 병환 공 할아버지 공적비 세울 서류
저에게 맡겨 두시고 서거하셔 나의 책무責務 무겁다

이 일 할 이 나뿐이니 할 일 많고 갈 길은 바쁘다
전국에 종친들 설득하여 올해는 마무리 지어야
내 책무 완성한 후에 나도 편히 눈감고 저승 가리라

저세상 조상님들 만나면 떳떳하게 말씀 올리리
우리도 이 나라를 건국한 분 자손이란 명예로움을
후손들 가슴에 박아 길이길이 할아버지 업적 빛내리

종제從弟의 서거 1

밤 두 시 빛나던 별빛 잃고 떨어지자
종제從弟의 전화 왔다, 우는 소리에 불길한 예감
형님이 운명했다는 급한 비보悲報, 앞이 캄캄하다

해와 달이 없어진 듯 나의 앞길 아득하다
내 비문은 자네가 쓴다더니, 웬 청천벽력인가
하느님 가혹한 벌을 주십니까? 저의 길 막는…

이보게 종제, 자네와 함께 비문 지어 선대先代부터
못 한 비碑 부모까지 다 해놓고 좋아하더니
입석立石 날 앞둔 직전에 이게 무슨 참변인가

묘 앞에 서니 흐르는 저 강물은 유유悠悠하건만
인생은 어이하여 이렇게도 바삐 흐르는가?
눈물이 강이 되어서 끝도 없이 흘러간다

종제 재웅 무덤 앞에서

종제從弟의 서거 2

이보게, 자네와 푸른 꿈 안고 자취생활로
사회 경험 쌓으면서 졸업 후 자넨 서울로
나에겐 농촌 지도직 공무원이 인생 출발

안 맞아 교직으로 이직 대구로 옮겨 안착
자네는 서울에서 터전 잡고 잘 살았으니
우리는 자주 만나서 장래와 집안일 의논했네

우리는 척척 뜻이 잘 맞아 대대로 못 한
선대 조상님 선도비 묘갈명을 둘이 지어
고조부 비부터 입석해놓고 너무도 기뻤네

그 후에 우리 집안 숙원인 중조부터 부모님
비문도 둘이 써서 석물 집에 돌 맞춰 놓고
입석 날 길일 택하여 잡아놓고 너무도 기뻐했네

그런데 청천晴天에 무슨 날벼락 같은 일인가
우리 집안 중심인물인 자네 같은 인물이
하늘에 필요했던가 입석 날을 1주 앞두고 이런 일이…

아, 하느님도 야속합니다 조금만 늦췄으면
우리 집안 최대 경사 함께 누리는 행복을
앞 강물 저리도 유유悠悠하건마는 인생은 이리도 바쁜가

병한柄漢 공 할아버지

대학 초에 할아버지는 우리 자취방 앞에 사셨다
이승만 박사 닮은 분 산수傘壽에도 안광眼光이 빛나셨고
말씀은 방이 울려서 그 앞에선 누구나 고개 숙였다

"좋은 일 하셨다." 하면 "할 일을 했을 뿐이다." 하셨다
아홉 살 동생 장가갈 때 열두 살로 말 타고 요객繞客 가서
언변이 청산유수에 하회인들 깜짝 놀라게 하셨다

16세 때 챗돌을 십 리 밖에서 망태에 넣어온 장사로
어릴 때 독선생獨先生 두고 한문 공부로 덕행德行 닦으셨고
일제 때 재산 팔아서 현재의 돈 수십억 원 임정臨政에 보내셨다

해방 후도 정부 보조 못 받아 어렵게 사셨지만
한 푼 못 받은 자손들도 돌보지 않아 어렵게 사셨다
만년엔 언어장애로 비참하게 운명하셔 남의 산에 묻혔다

종손인 광암 공이 김영삼 정부에 신청하여
사후에 건국훈장 받고, 대전국립묘원으로 이장移葬
이제는 공적비功績碑 세워 공주 이 씨로 조국의 빛 되소서

재완 형님 서거

나에겐 외가가 큰 배경, 선망인 외사촌 형님 승천하셔
갔더니 형수님은 편찮으셔 못 나오시고
후대들 오래 못 보아 잘 모르니 쓸쓸하다

교직에서 끝냈으면 생활 안정 연금 받아
편하게 생활할 걸 그만두고 서예 스승 하니
생활이 되지 않아서 고생하시다가 운명하셨다

무엇이든 한 가지 잡으면 끝을 보아야지
도중 하차 아니 감만 못하단 말 늦은 반성
사람이 한 번 실수에 운명 오감 젊을 땐 못 느껴

재화 형님 서거

재화 형은 대를 잇고 내가 신세를 많이 졌다
형수님께 빚 많이 져 자주 뵙고 은혜 보답 애썼다
그래서 친형 같은 맘 잠재하여 기회 오면 들렀다

6년간 외가에서 함께 살았으니 정 깊을 대로 깊어
형과 형수가 없는 내겐 너무도 좋아서
뭐든지 돕고 싶고 즐겁게 해 주려고 애썼다

고등학교 후 강산이 여섯 번 변했지만
지금도 명절 뒤나 시간 나면 전화한다
형님이 병상 중에도 몇 번이나 찾아갔다

형수님과 정 깊어 형님 승천 후 자주 전화
안부 물어 확인하고 기쁨 주려 애썼다
사람의 맘 인지상정人之常情 정을 쓰면 더 정난다

재태 동생 떠난 후

망한 사촌 이종 하나 이종이 더 친밀하다
여성 우월로 여형제 간 정 깊기 때문에
우리는 고 이종 모임 결성으로 정 더 깊다

이종들은 열악한 주물 공장 기술 배워
주물계 사장 되어 주물계를 주름잡았다
재태는 형제 중에서 모두 함께 규합하는 인물

동생 공장 주무자로 성실히 일하여서
공장 발전 주물계 최우수 회사 만든 주역
이 동생 폐암 사망 후 애석하여 눈물 세월

정태 동생 서거

재태 사후 정태에게 전화하면 괜찮다 하여
안심했는데 아들이 정태 아재 장례식에 간다 한다
장례식에 참가하니 눈물 쏟아져 강이 되어 흐른다

나의 전화받던 그날도 위중했다 하는데
괜찮다고 했다 한다 죽음 앞에서도 걱정 안 주려고
동생은 철저한 사고와 인내로 살았기에 성공했다

폐암 선고 후 건강 위해 팔공산에 별장 짓고
집 안팎 일 다 해도 집 안에 먼지 한 점 없었다
저분이 누가 대기업 회장이라고 생각하리!

초등학교 출신이 해외 박사를 다 제치고 종신 회장
기계 소리만 들어도 어느 곳 고장 아는데
박사는 봐도 모르니 김정태 회장 어이 따라 가리

넓은 정원 정원사보다 잘 손질하고 가꾸었다
벌판 같은 운동장도 쓰레기 한 점 없고
된장도 손수 담았다 하니 재주 만능이라 하리라

김을태 사장

김을태 동생은 혼자 고향에 오래 남아 있었는데
농사밖에 모른 그가 건축 일을 배웠으니
건축 일 보통 끈기론 배우기가 힘든 일이다

외조모님은 머리와 수완 비상한 분이셨다
한글도 못 배울 때 말씀도 청산유수셨다
재간才幹과 수완手腕 인내를 이모님이 다 닮으셨다

을태 형제들은 어머니의 장점을 타고났다
이들 형제들의 성공은 우연이 아니었다
타고난 천성 부단한 노력으로 이룬 성과였다

조국 발전 역군들이 행복하게 살 무렵
꽃으로 떨어지는 것을 본 마음 애석하다
이종제 남은 형제들 건강하고 행복하길 빈다

148

김종태 사장

종태 동생 이름은 외조모님이 지으셨다
영단 방아 사장 이름 따서 종대라 불렀다
그것이 신기하게도 맞춰져서 부자 사장 됐다

막내지만 키도 크고 배우처럼 잘생겼다
형 회사에서 일을 잘 배워 독립능력 갖추었지만
두 형이 폐암 환자라 그 회사를 떠날 수 없었다

형들이 5년간 잘 견디니 늦게야 독립하여
지난해 차렸다 하나 규모도 크고 잘 갖추었다
회사의 무궁한 발전, 동생의 건강과 행복을 빈다

김옥선 여사

이들 형제자매의 글을 쓰면 그냥 신나서
초등학교 출신이나 나는 여동생을 존경한다
동생은 외할머니 인품 수완 너무도 닮았다

이 형제들 성공은 여동생 회생의 성과였다
젊은 신혼에 동생들 사람답게 키울 결심이
친정을 바로 세우고, 보람으로 행복 가득

가난하다 잘살면 자녀들 귀하게 키워서
잘된 집안 없는데 이들은 모두 훌륭히 키웠다
동생들 지켜보면서 나는 많이 배우고 깨달았다

이제부터 이들 가정에 시련은 사라지고
앞으로 올 미래는 기쁨과 축복만 깃들어서
이들의 가정 집집이 행복으로 충만하소서

6

반성과 깨달음

물 푸기

도랑 가 보 밑에 만든 샘 둘 물 잘났다
두레박 끈 잡고 아버지와 나 물 푸면
볏논에 물 도는 소리 생기 나는 벼들

한 샘물 다 푸면 다른 샘물 또 한 샘
쉼 없이 퍼도퍼도 끝이 없는 그 샘물
힘들어 울고 싶건만 해가 져도 끝없는 일

내 배는 쪼르륵쪼르륵 소리를 내도
아버지의 귀에는 볏논에 물 도는 소리뿐
그 임은 밤이 깊어도 돌아갈 줄 모르셔라

그때는 아버지께 원망도 깊었건만
지금은 생각하면 가슴 메어 눈물짓고
아버지 묘소에 가서 속죄해도 씻지 못한다

어머니 생각

눈감으면 보입니다 고향으로 가는 길이
들메 선산先山 소나무 숲 낙동강 물새들도
대문에 기다리시는 어머니의 옛 모습도

만나면 손 꼭 잡고 놓지 않던 어머니
소르르 전해오는 뜨거운 님의 사랑
옛날에 곱던 손 구겨 저의 가슴 멥니다

객지 생활 불안정해 제주 구경 못 하시고
동생 자식 자리 잡고 생활이 안정되니
님에게 효도 약속도 기다리지 않으셔라

　　　　한평생 객지 생활로 효도 못 했는데 결초보은 약속하고

내게 남은 날 할 일

90세를 산다 해도 남은 세월 4년에
할 일, 시조집, 자서전, 시 2집, 수필 4집
마칠 일 태산 같으나 느긋하니 서둘러라

사람 마음 느긋하면 게으름 달려오니
깨어 있어 바빠야 목표 달성 이루리라
올해는 임정臨政 공신인 병한柄漢 공, 공적비 건립

상해 인정 경북 자금책 할아버지 나라 위해
중요한 일 하셨지만, 늦은 깨달음

남과 나 비교

다른 사람과 나를 비교할 때가 있다
가끔은 나의 아름다움을 잊고 산다
세상에 곱지 않은 꽃 없음같이 사람도 같다

사람도 예쁘지 않은 사람 없기에
나는 남의 예쁜 점을 질투하지 않으며
한 번도 남을 헐뜯고 중상重傷하지 않았다

시기함은 상처만 더 입을 뿐 옳지 않다
사람마다 예쁜 점 하나는 가진다기에
내가 가진 아름다움을 빛냄이 옳음 깨달았다

나는 많은 것 가지려고 욕심 갖지 않으며
내가 가진 좋은 점을 갈고 닦아 연마하며
스스로 최선을 다해 곱게곱게 피어나리

간절한 소망

경원선의 종착지 월정역에 가보면
한국전 때 마지막 달리던 기차가
폭격에 고철 되어 선 채 달리고 싶어 한다

철마는 달리고 싶다 한 지 반세기 지났지만
지금도 남북 문은 굳게 닫혀 불통이다
남북 벽 첩첩 두꺼워 평화통일 그날은 언제 오리

달리고 싶은 저 철마 고철로 사라지기 전에
저 철마가 원하는 곳으로 달릴 수 있도록 오라
꼭 오라, 남북 왕래의 평화통일이여 오라! 오라!

여명黎明

이른 새벽 빨간 놀 속에 먼동 트면
산안개 이불 속에 먼 산들 새벽잠 깨니
산마루 돌, 바위들은 해 맞으러 나선다

바람은 꽃잎 속 이슬 잠 깨워 눈 반짝
나는 잠 깨 일어나 꿈 따러 산정 오르면
꿈 따라 하늘에 올라 염원한 별 따온다

산골이 떠날 듯 청개구리 우는 소리
어릴 적 고향 집에서 가족 함께 듣던 옛 소리
정겨웠던 소리도 오늘은 쓸쓸하게 들린다

어릴 적 마당에 멍석 펴고 모깃불 놓고
부모 형제자매 함께 듣던 저 소리
지금은 혼자 들으며 먼 옛날을 그린다

저놈들 제 어미 물가에 묻어놓고
이제야 철들었나 저리도 슬피 우니
오늘은 나도 네 마음 한도 없이 울고 싶다

고향의 밤 1

청개구리 한 마리 우는 소리 없는
초여름 밤 잠잘 둥지가 마땅치 않다
가까운 친척집 앞을 이 집 저 집 기웃거린다

오랜 가뭄 탓일까 모기 한 마리 없다
사람 풀 나무 벌레도 깊이 잠든 후
잠잘 방 찾지 못하여 밤 깊도록 떠돌았다

온 가족 마당에 멍석 깔고 누워
별 보며 이야기 나눈 추억들만
배나무에 주렁주렁 연 가지 휘어 가슴 적신다

고향의 밤 2

삼라만상 잠들었나 쥐 죽은 듯 고요하다
종갓집 빈방에 몰래 들어가 누워서
눈 감고 온갖 생각에 잠 설치고 밤새운다

이튿날은 일찍 종갓집 빈방에 갔더니
열린 봉창으로 별 하나 들어와서
속삭여 옛이야기로 오늘도 밤새 운다

고향엔 부모 형제 친구들도 먼 길 가고
할머니들만 남아서 별식 해 놓고 부른다
고향은 언제나 가도 다정다감 넘쳐라

낮달

푸른 하늘 가장자리에 빛바랜 반달
누구를 못 잊어서 가질 않고 서성이나
닿지도 못할 임이면 생각 말고 그냥 가지

저 반달 나처럼 임을 두고 떠나왔나
얼마나 괴로우면 백지처럼 야윈 얼굴
저러다 임 못 본 채로 떠날까 봐 걱정되네

청랑淸朗

새벽하늘 찬 공기에 서릿발로 숨어 앉아
깊은 어두움 속에서 알알이 부화하여
이슬이 구슬이 되어 둥지 밖을 나온 듯

풀잎에 대롱대롱 하늘 꿰고 매어 달려
떠오르는 햇살 안고 영롱한 진주구슬
내 영혼 찌든 삶 위에 주름살을 걷는다

투명한 저 구슬 한여름 밭일할 때
뚝 따서 마시면 오장육부 녹아나고
내 몸속 해묵은 속병 씻은 듯이 나으리

내 집 앞 한길에 차 홍수

내 집은 16층 아파트, 커튼 열면 차 홍수
새벽부터 자정까지 쉼 없이 오가는 차들
일터로 바쁘게 간다, 밝은 내일 위하여

저 차들 놀러가는 차가 아니요 일터에 간다
한국인 부지런함 독일에서 인정받아
세계인들 인정받아서 선진 나라 되었다

우리를 아는 사람 여기가 한국인가
깜짝 놀라 유럽국인가 착각하고 감탄한다
이 은혜 감사하는 이 몇 명이나 될는지

위정자들은 깨달으라 국민정신 교육 못 한 책임을
수많은 대통령 자기 기념관이나 세웠지 무엇을 했나
박정희 독재자란 것, 친일파로 몬 것 외엔…

한길에 달리는 차들 일터로

새벽 네 시 내 집 앞길엔 오고 가는 차 홍수
깊은 밤 자정까지 일하는 한국 국민 근면성을
세계에 파독 광부와 간호원이 알렸다

조국의 정치인들 깨닫고 반성하라
힘 드는 일 피하고 명절에 해외 피신
이 풍조 누구 탓일까? 위정자들 반성하라

위정자들 국민세금 흔전만전 뿌리나
이젠 국민 속지 않아 한대로 거두리라
적패도 그대 한대로 되돌려서 받으리라

정치인 말 안 믿어 1

나는 새마을 선봉에서 지도공무원
농민들은 당신들 말 아무도 안 믿었다
지나던 개들도 듣고 웃었으니 각성하시오

여야가 편 갈라서 첨예하게 대립하면
모두 망해, 집권당은 야당을 포용하고
껴안고 순리에 따라 정치하면 민심 안 떠나

대통령이 누가 되든 차기 대통령은
세계인이 존경하는 이승만 박정희 대통령 바른 평가 후
두 분을 바른 대접 후 정치하면 민심 늘 얻어

정치인 말 안 믿어 2

두 대통령 기념관 세우고 역사 바로 세워서
국민교육헌장, 자연보호헌장 되살리면
이것이 가장 훌륭한 치적治積되어 영원하리라

대통령마다 자기만의 슬로건 내걸었지만
아무것도 이룬 것이 없었다 박정희 대통령이
해논 것 실천만 해도 가장 빼어난 대통령 되리라

박정희 대통령의 치적 1

독일 차관과 한일 협정으로 받은 씨앗 돈으로
경제개발 5개년 계획을 성공, 한강 기적을 낳음
독 총리 에르하트르 조언대로 실천하여 성공했다

박정희 대통령은 북한보다 못사는 나라를
한강 기적 일으켜 한국을 바꾸어 놓았다
독 총린 한국민에겐 잊지 못할 은인이 됐다

박 대통령은 강에 큰 댐을 건설물을 비축하고
강에는 제방공사를 하여 홍수를 막고
대덕에 과학단지를 조성하여 해외 과학자를 불러들였다

국민교육헌장 자연보호헌장을 제정하여
공무원부터 가슴에 심고 국기 게양 하기식을 실천하여
전 국민 애국사상을 고취시켜 나라의 기강을 바로 세웠다

새마을 실천과 교육으로 농촌을 도시처럼 바꾸어 놓았다
기틀을 다 닦아 놓았으니, 도시 새마을, 공무원 정화
새마을 미진한 부문 완성하면 가장 훌륭한 치적 되리라

차기 대통령은 세계적 존경받는 이승만, 박정희 대통령
바르게 평가하고, 기념관 세워 치적 초·중·고 대학 교재에
실어서 우리 교육의 만년대계 삼으면 한국은 영원하리

박정희 대통령의 치적 2

독일에 돈 빌러 갈 때 비행기도 얻어 타고 간
아프리카보다도 못사는 최빈국 나라였다
독 총리 에르하트르 영접 나와 맞았다

첫 질문 "쿠데타는 왜 했소?" 하고 물었다
박 "국민이 굶어서 죽는 것을 볼 수 없었습니다."
"공산화되는 나라를 지키고 싶었습니다."

박 대통령 "돈이 없습니다. 도와주십시오."
"빌린 돈은 꼭 갚습니다." 눈물로 호소했다.
독 총독 손을 꼭 잡고 "우리가 돕겠습니다."

독 총리 경험을 조언 "고속도로와 정류공장 건설
제철공장 세움, 한일 협정을 하세요." 그는 또
"천이백만 달러 제공 5명 경제 고문 파견" 약속했다

반세기가 지난 후 1

백합꽃 그때 그 향기로 내게 다가와서
내 가슴에 문학과 서예 꽃씨 심어
꽃 피어 절정이 와도 오지 않는 백합꽃

그 백합 옛 생각나 언제쯤 돌아와서
그대 말 실천하여 꽃이 핀 나에게
마지막 한마디 말씀 내 가슴에 전할까

우리 인연 이어져서 다시 만나 오해 풀고
옛날 같이 반기면서 천금 같은 너의 말
한마디, 천군만마 힘 또 한 번만 주기를…

만나도 헤어지지 않아도 편안하게
즐기면서 너에게 빚진 은혜 갚고
어려운 일 서로 돕고 오순도순 지내고파

2017. 10. 20. 필공산 공산 폭포에서 옛 추억 회상하며

반세기기 지난 후 2

학창 시절 가슴 속에 핀 하얀 백합 한 송이
내 가슴에 문학 서예 꿈 심어 놓아서
꽃 피어 절정이 와도 소식 없는 저 백합

백합아 너는 언제쯤 옛 생각 나 돌아와서
"시인 되라." 네 말 실천하여 꽃이 핀 나에게
마지막 한마디 남겨 내 가슴에 힘 전하리

네게 받은 은혜 못 갚고 떠났다가 저승 문에서
돌아와 그 빚 청산 후 너와 나 하늘 날며 즐기다가
부를 때 기쁘게 갈까 기다리나 너는 어디서 무얼 하는지

너도 내 마음은 알았으니 꼭 한 번만 소식 전해라
난 누구에게도 빚진 일 없어 네 은혜가 큰 부담
이젠 날 놓아준 후에 우리 함께 청산青山 날며 즐기자

미소 짓던 난꽃 앞에서

청아淸雅한 네 향기에 임인 듯 취하는데
고고孤高한 네 모습에 그리움 솟아난다
풍진風塵 속 번뇌를 삭힌 높고 높은 이상理想이여

네 향기 고고하여 나 네게 못미치나
꿈에도 못 잊는 임 하염없이 기다리네
그대는 내 뜻 모르니 애간장을 녹인다

그때는 네 뜻 몰라 꽃들은 본래 그러려니
하는 맘에 쳐다볼 줄 몰랐으나 때 지나
깨치니 네 맘도 내 맘 몰라보아 한 맺혀

당신은 산

파란 하늘 툭 치면 쩽 울리면서 금 갈 듯
황금빛 파도치는 광야 저편 우뚝 선 당신
당신은 나를 이끄는 벗이요 스승인 안내자

걸을 수 없는 나는 다가가지 못한 채
그대의 먼 언저리 외롭게 혼자 앉아
당신을 사모하는 나 화려했던 옛 생각

상처받아 무너진 나의 마음 온종일
자리를 떠나지도 못한 채 당신을 그리는데
상쾌한 맑은 바람이 먹구름을 걷는다

대공원 뒷산에 올라(1999. 10. 15.)

172

곧 올 훗날

나는 먼 길 떠나고 너는 여기 서 있는데
인사 한 번 못 하고 돌아서야 할 청산과 녹수
그때는 후회해 봐도 남가일몽 지난 일

나 여기 서 있고 너 함께 있을 때
속마음 툭툭 털고 하고픈 일 즐기면서
너와 나 옛날과 같이 봄 맞으면 어떠리

채워도 차지 않는 독

채우고 채웠지만 차지 않는 독 하나
날마다 채웠지만 차지 않는 빈 가슴 독
아무리 기막힌 일도 세월 가면 잊건만

보석도 가져보면 별것도 아니요
애정도 세월 가면 사라진다 하건만
나에겐 나날 갈수록 살아나는 그리움 독

그대와 나 건강하여 맘먹으면 만날 때
서로 만나 하고픈 일 함께 즐기면서
빈 단지 우리 다 함께 채우면 어떠리

너와 나 반세기 후 첫 만난 곳 팔공폭포
서울에 있다면 매일 오리라 기뻐했던
네 모습 뇌리에 박혀 영원불멸하리라

나는 왜 바보인지 내 글 속에 감춘 너를
공개해선 안 되는 것 알면서도 내 건강 나빠
은혜를 갚기 위해서 공개하고 후회막급

내 인생 가장 슬픈 날

강산이 변하도록 그리던 벗 전화라 해서
하늘 날 듯 기쁜 맘으로 전화기 받자
그 벗님 글 속에 비밀 밝혔다고 화禍가 충천衝天

한마디 말 못 하고 가슴 열길 기다렸다
불 꺼지자 "내게 받은 빚 어떻게 갚으려나?"
"네 부친 비 세우는 일, 내가 돕고 싶다." 했더니

그녀, "네가 하지 않아도 우리가 다 알아서 한다."
"동기가 네 책 한 보따리 준다." 갖고 가지 않았으리라
나에게 문학 성취가 그녀 은혜나, 그냥 잊을걸

책을 갖고 갔다면 읽은 후엔 오해 풀려
전화 오리란 막연한 희망도 가지면서
나날은 흘러서 가니, 그녀 위해 평생 기도하리라

2021. 4. 1. 은인의 전화 받고

처음엔 남을 원망했다

비밀은 비밀로 묻는 것이 최상의 묘책인데
나는 내 건강과 은혜 갚는 데 치중했다
공개는 안 해야 할 일 공개하고 남을 원망했다

비밀은 말에 날개가 달리는 것 알았지만
내 건강 악화로 곧 죽음을 앞둔 듯하여
은혜를 갚기 위하여 불가피한 조치였다

그것은 나의 착각, 안 죽으니 인명은 재천
이제야 깨닫는다. 모든 것이 나의 몽매함임을
절대로 남 탓 말고 자업자득 깨달아야 함을

이제야 복잡하던 가슴 탁 트이면서 후련하다
은혜 갚고 훨훨훨 날아가고 싶은 맘이었으나
한 말은 거둘 수 없음 깊이깊이 깨닫는다

친구에게 바란다. 책 가지고 가서 읽어보면
동료들은 세련된 글 아름답다 칭찬하였으니
죽기 전 오해 푼 후에 옛 친구들 모여 웃을 날을

"나는 약속했다. 그 친구에게 그때는 내가 쏜다고."
내 동기들 "옛말하면서 통쾌하게 한바탕 웃을 날을."
"죽기 전 그 약속 유효하다는 것." 밝히면서 기다린다

2021. 4. 1. 은인의 전화 받고 반성과 깨달음

은전 보시

연잎에 맺힌 구슬 은쟁반에 요정 같아
방울방울 조르르 사뿐사뿐 춤을 춘다
이 몸도 저 구슬처럼 청랑하게 살고파

투명한 저 구슬 하늘이 내린 선물
정성껏 따서 모아 은동이에 담았다가
부처님 오신 날 가서 은전 보시해 볼까

꿈을 준 꽃 1

꽃은 곱지만 곧 지는 것은 슬픔이다
꽃에겐 씨앗 생겨 생명 이어지니
죽음이 아니요 다시 피기 위한 희망이다

내겐 60 중반 문학과 예술 꿈 심은 꽃
꽃은 곧 떠났지만, 슬픔 극복 꿈 이루어
그 꽃을 다시 만날 꿈 불태우니 희망적이다

꿈을 준 꽃 2

반쪽 인생을 살 저에게 완한 삶 주신 님께
사랑은 힘들고 아픔인 줄 알고 포기한 저에게
착하고 고운 순이를 내려주셔 길을 밝혔습니다

보잘것없던 저의 삶이 순이로 인하여 꽃피고
아름답게 빛남은 순이 말 한마디는 천군만마의
큰 힘을 저에게 주어 이룬 성과라 주님께 감사드립니다

아름다운 여인

그녀는 한강에서 난초와 지초가 자라던 섬
운 나빠 쓰레기 받아 자란 천덕꾸러기
사람과 새들도 피해 긴 세월 외롭게 살았다

속 썩어 매운 가스 유용한 에너지로 탄생했다
죽음의 상처는 산봉으로 우뚝 솟아 하늘 공원
지금은 생명 씨 길러 유명한 산. 행복 가득

그녀 품에 안기면 내 어머니 품 같아 포근하고
한강과 서울 풍경에 인파 몰려 행복 따 간다
기쁨 맘 돌아갈 때는 얼굴마다 함박꽃 핀다

대구 신천 1

신천은 어릴 때 만난 내 짝꿍 순이
자나 깨나 보고픈 아름다운 소녀였으나
한때는 문둥이 추녀, 산새들도 피했다

잡초 속에 들어가면 개똥 소똥 사람 똥
지린내 구린내 썩는 냄새 물씬 풍겨
버려진 소녀로 새도 달아나고 사람 그림자도 없었다

대구 신천 2

여름방학마다 어린 학생 동원하여
불볕 땡볕에서 잡초 뽑고 똥 치고
가꾸고 다듬으면서 역사 바퀴가 수차례 돌았다

신천 가엔 부들 여귀 물풀 우거져
잠자던 땅속에서 꼬물꼬물 생명체가
살아나 옛날 열목어 버들치의 고향 살아났다

떠났던 송사리 피라미 붕어, 잉어
버들치도 돌아와 신천은 살아 숨 쉰다
몇 번을 다시 태어난 신천 이제 활기차다

대구 신천 3

몇 번을 다시 태어나도 사랑받지 못한 소녀
이제 신부로 태어난 만인의 사랑받는 애인
신천은 살아 숨 쉬며, 약동하면서 생기 넘친다

날마다 구름처럼 모여든 인파의 물결
신천은 기쁨과 꿈 희망으로 넘친다
신천은 대구의 심장 건강하게 가꾸자

꿈속에 잠깐 만난 그 사람

그날 깊은 밤 잠시 만난 그 향기가
너무도 아름다워 꿈에 만난 선녀님
눈앞에 아롱거려서 사라지지 않습니다

언제 다시 한번 그때처럼 꿈으로 만나
선녀와 나무꾼 되어 아름다운 추억 쌓고
옛같이 지내 볼 날이 또 한 번 다시 오리

꿈인 듯 현실 같아 확인해도 선명한 현실
아침에 일어나니, 다 어딜 갔나 남가일몽
너무도 허탈하지만, 애틋하여 못 잊는 꿈

추석이 내일모레

일부 국민은 먹고살지 못해 죽네 사네 하며
코로나로 난리인데도 해외여행 풀어놓고
정치인 무얼 하는지 명절 확대 예방 강요

이대로 간다면 나라 운명 멀지 않아
후세들 걱정에 잠 못 이뤄 밤새운다
대통령 무얼 하는지 북 못 도와 깊은 고민

추석

우리는 추석과 설 제사는 똑같이 차린다
명절에는 연휴가 있어서 제삿상 차림에
아이들 참가시켜서 인성교육 산 체험 시킨다

명절과 제사에 인성 예절 교육 다 들어 있다
그런데도 해외 피신 가거나 사서 제사 차림은
후세의 충효 교육을 말살시키는 결과를 갖고 온다

우리나라 교육정책이 인성 교육 사라진 지 오래다
효에서 나라에 충성하고 남을 사랑하는데
국경일 태극기 게양 가정 몇 집이나 되는지 보라

이렇게 정치해 놓고도 위정자는 국가안보 철통하나
개가 웃을 일, 이대로 간다면 나라 존속 오래 못 가
위정자 큰 각성하라, 그대들의 잘못을 더 늦기 전에

명절행사 사치 아니요 후세들 조상 은혜 보답하고
자손들에게 충효 가르치는 산실인데 잘못 흘러
정치는 엉망이 되어 여야 패싸움으로 나라가 기운다

명절 1

우리의 가장 큰 명절은 설과 추석날이다
설 추석 쉬는 것 시켜 하는 행사인가
명절엔 가보고 싶어 찾는 고향이다

부모 형제 만나는데 세상은 웬 말 많으뇨
주부들 스트레스 받는다 신문 방송들은
그리도 야단스럽고 군말들이 많으뇨

우리 집은 남녀 모두 즐겁기만 하다
오랜만에 고향 땅 밟고 만나는 기쁨
부모님 형제 친척들 고향 분들의 향기…

이웃 간 풍겨오는 훈훈한 인정이
마음을 환하게 열고 밝혀줍니다
부모님 형제 십 촌 내 함께 모이는 기쁨

한 조상 모셔놓고 제사 올린 후에
오순도순 정담으로 밤새는 줄 잊고
너 한잔 나 한잔 권하는 기쁨으로 정 깊어진다

명절 2

여보시오, 신문 방송들 말하지 마시오
몇 안 되는 주부 팔아 다 그런 양
명절에 스트레스를 말하지 마세요

우리는 일 스트레스보다 만남 기쁨 커요
우리는 일보다 만남 보람이 더 커요
명절에 일 없는 기쁨 어디 가면 있으리

신문 방송은 좋은 쪽으로 널리 알려야지요
나쁜 쪽으로 몰고 가면 사회가 퇴보되니
방송은 설 자리 잃고 퇴보하여 사라집니다

일이 없는 보람이 어디에 있으리오
온 식구 함께 일하는 재미와 기쁨이
우리 집 보람이 되어 더 큰 기쁨을 이룹니다

내 집만 명절 좋아하는 것이 아니요
대다수 가정마다 내 가정과 대등합니다
명절 때 교통대란이 그렇다 함 증명하지요

사랑과 죽음으로 직조된 삶의 추억

- 이재영 론

이솔희 시조시인 · 문학박사

    시조는 일천여 년 동안 우리 민족의 정서를 담당한 장르이다. 시조가 본격적으로 그 모습을 드러낸 것은 고려 말엽부터이나 그 연원은 신라의 향가에 닿아있다. 따라서 시조에는 우리 민족의 얼과 정서가 고스란히 담겨있다. 흔히들 '가장 민족적인 것이 가장 세계적이다.'라는 말을 한다. 맞는 말이다. 한국 문학에서 노벨문학상을 논한다면 시조 장르에서 기대해 봄 직하다. 시조는 세계 어디에도 존재하지 않는 우리 민족 고유의 문학 장르이기 때문이다. 이러한 관점에서 바라볼 때 이재영 시조집 『깊은 산속 샘물』의 발간도 시조의 금자탑을 세우는 데 일조한 것이라 할 수 있다.

    이재영 시인은 2018년《문장》지에 시조작품「촛불」

로 등단하였다. 등단 후 4년 만에 내는 시집이라 비교적 빠른 발간이라 할 수 있으나 내막을 알고 보면 꼭 그런 것만은 아니다. 그의 시조 창작은 1960년대에부터 시작되었다(「선몽대」는 1964년 4월에 창작). 그렇게 놓고 보면 시조 창작 햇수가 60여 년에 이른다. 따라서 그의 생애에서 시조는 그의 삶을 지탱해주는 동반자였다는 것을 알 수 있다.

천작穿鑿해본 결과, 그의 시조에는 '사랑과 죽음으로 직조된 삶에 대한 추억'이라는 고리가 관통하고 있음을 알게 되었다. 그만큼 그의 생애에서 삶과 사랑과 죽음은 중요한 화두였던 것이다. 이재영 시인은 한평생, 교직에 몸담고 있으면서 후진들을 양성했다. 여러 차례에 걸쳐 수여받은 교직 상훈을 통해 후진 양성에 쏟은 그의 열정을 짐작할 수 있다. 이 외에 서예, 미술 분야에서도 수상 경력을 통해 그의 우수성을 알 수 있다. 이러한 그의 약력을 통해 그의 절실한 삶의 태도를 엿볼 수 있다. 따라서 다음에서는 그의 절실한 삶이 시조작품에서는 어떻게 형상화되어 있는지를 살펴보기로 하겠다.

❶ 사랑의 추억

이재영 시인은 다정다감한 성격 소유자임을 작품을 통해 알 수 있다. 그의 작품 속에 드러난 소재의 대부분은 '사랑'이다. 그 사랑을 크게 두 부류로 나누면 '사람에 대한 사랑'과 '자연에 대한 사랑'으로 나눌 수 있다.

ⓐ 사람에 대한 사랑

이재영 시조에 나타난 '사람에 대한 사랑'은 대부분 과거 회상 형태인 추억으로 이루어진다. '첫눈에 반한 추억', '열정적인 사랑의 염원', '임에 대한 그리움', '친구에 대한 그리움' 등으로 분류해 볼 수 있다.

> 소년 시절 교실에 나타난 흰 백합 한 송이
> 내 마음 활짝 열고 두 눈을 꽉 묶었다
> 그대를 처음 본 순간 움직일 수 없었다
>
> 새하얀 꽃잎에선 그대 가슴속 순결을
> 새빨간 꽃술에선 그대 가슴속 단심丹心을
> 빛나는 두 눈 반짝임 내 마음 씻어 빛난다
>
> 그대의 눈 속에는 샛별이 떠오르고

그 별은 내 가슴 찔러서 파도치니

이 마음 그대 눈 속에 등불 켜고 멈춘다

-「신학기 초 첫날」

이재영 시인의 「신학기 초 첫날」은 묘사가 뛰어난 작품이다. 시조작품에 있어 묘사는 매우 중요하다. 흔히, 문학을 언어로 그린 그림이라 하는데 여기서 그림이 될 수 있는 것은 설명을 하지 않고 묘사를 했기 때문에 가능하다. 묘사는 다시 설명적 묘사와 암시적 묘사로 나눌 수 있다. 설명적 묘사는 일정한 대상에 대한 정보를 전달하기 위한 묘사이고, 암시적 묘사는 특정 사물에 대한 지배적 인상이나 의미, 정황 등을 중시하는 묘사이다(이광녕, 『현대시조의 창작 기법』). 「신학기 초 첫날」은 첫눈에 반한 정황을 그대로 그린 암시적 묘사에 해당한다. 1연에서는 백합 같은 소녀를 보고 한순간 얼어붙은 시적 화자의 모습을 묘사하고 있다. 2연에서는 1연의 부연 설명을 배치했다. 한순간에 얼어붙은 이유는 새하얀 꽃잎 같고, 새빨간 꽃술 같은 그녀를 발견했기 때문이다. 3연은 1연에 이어 미래의 바람으로 이어진다. 시적 화자는 시적 대상인 그녀의 눈 속에 켠 등불이고 싶은 소망을 잘 드러내고 있다. 더욱더 설득력이 있는 것은 3

연의 초장과 중장에서는 그 이유가 논리적이고 체계적으로 나타나 있기 때문이다.

이밖에도 사람에 대한 사랑으로는 「불꽃 같은 사랑 1」, 「난蘭」, 「팔공산 묘봉암 가는 길」, 「수련」 등이 있다. 「불꽃 같은 사랑 1」에서는 사랑이라면 불길 속이라도 주저하지 않겠다는 시적 화자의 열정을 엿볼 수 있다. 「난蘭」에서는 임으로 치환된 난蘭의 모습을 통해 자신의 삶을 격상시켜준 임에 대한 그리움을 잔잔하게 노래하고 있다. 「팔공산 묘봉암 가는 길」에서는 이미 추억이 된, 애타는 그리움이 절실하게 드러나 있다. 「그대는 나의 애인」에서는 어머니같이 한없이 받아주는 무한한 사랑을 애찬하고 있다. 「수련」에는 연꽃을 선녀 또는 요정으로 치환하여 시적 대상에 대한 측은지심에 기초한 연민의 정을 노래하고 있다.

ⓑ 자연에 대한 사랑

이재영의 작품에는 자연에 대한 사랑이 잘 드러나 있다. 자연은 우리 국내 자연으로 엄밀하게 말하면 국토예찬이라고도 할 수 있다. 국토예찬은 애국심과도 통한다. 이러한 예는 일제강점기 선각자들의 작품에서 찾아볼 수 있다. 최남선의 「백팔번뇌」, 이병기의 『가람시조집』, 이은상의 『노산시조집』 등이 그 예에 해당한다. 최남선은 「국토예찬」에서 "우리의 국토는 그대로 우리의 역사이며, 철학이며, 시이며, 정신입니다."라고 한 바 있다. 이재영의 작품 가운데 국토를 소재로 쓴 시조작품은 우리 것에 대한 사랑의 표현이라 할 수 있다.

> 정자에 오르면 뻥 뚫린 눈앞엔
> 푸른 물 하얀 모래 한눈에 담겨오고
> 병풍에 그림인 강산 눈을 깜짝 홀린다
>
> 강모래 언덕 따라 수백 년 묵은 적송赤松
> 강 따라 뻗쳐 있어 첩첩산중 운치에
> 청상풍淸爽風 솔향기 가득, 가슴 활짝 연다
>
> 낙조엔 붉은 해가 강물에 내려앉아
> 찬란한 황금물결 출렁이면 서해 바다
> 노송에 걸린 붉은 해 뉘엿뉘엿 기운다
>
> 산 넘을 땐 하늘 산 물 내 맘도 붉게 탄다
> 세월 잊고 나도 잊고 인간사 다 잊으니
> 여기서 한 폭 빼어난 명화 속에서 잠들고 싶다
> 예천 호명 선몽대에서(1964. 4. 20)
> －「선몽대仙夢臺」

「선몽대」는 1964년에 창작한 시조작품으로 선몽대와 그 주변의 풍광이 눈에 잡힐 듯 그려놓았다. 가람 이병기가 〈시조 혁신론〉에서 강조했던 실감실정實感實情이 잘 드러난 작품이라 할 수 있다. 실감실정이란 보이는 대로 그리고 느끼는 대로 표현함을 말한다. 실감이란 이미지를 강조한 대목이라고도 할 수 있다. 창唱과 함께 연출되었던 고시조에서 창이 떨어져 나가고 가사인 시조 시만 남은 근현대시조에서는 창의 자리를 채워줄 뭔가가 필요했는데 그것이 바로 이미지이다. 이미지는 언어로 그린 그림이라고 할 수 있다. 「선몽대」에는 그 이미지가 잘 드러나 있다.

「선몽대」는 경상북도 예천군에 있는 명승지이다. 1563년 조선 명종 조에 이황의 문하생인 우안 이열도가 세운 정자이다. 모두 4연으로 구성되어 있는데, 1연에서는 선몽대를 처음 대했을 때의 느낌이 잘 드러나 있다. 2, 3연에서는 1연의 부연 설명으로, 시적 화자를 깜짝 홀린 근거가 잘 나타나 있다. 2연에서는 '청상풍 솔향기'가 3연에서는 '낙조 풍경'의 이미지를 훌륭하게 그려내고 있다. 4연에서는 자연에 동화되는 시적 화자의 마음을 그려내는 가운데 선몽대 예찬을 하고 있다.

돌샘에 고인 물이 물마다 거울일레
거울 속에 잠긴 얼굴 봉봉이 기암奇巖일레
그 속에 잠긴 나그네 마음까지 비칠 듯

퐁퐁 퐁 솟아올라 끝도 없이 흘러넘쳐,
돌과 바위 갈고 닦아 모양도 천태만상千態萬象
빛조차 깨끗하여서 내 마음도 돌샘 물

1996. 8. 16. 설악산 천불동에서
추병원 오세관 교사직 동료 함께

–「깊은 산속 샘물」

「깊은 산속 샘물」은 '연쇄법'을 사용하여 작품의 주제를 효과적으로 전달하고 있다. '연쇄법'은 시조작품을 효과적으로 전달할 수 있는 표현기법이다. 앞 행의 단어를 반복·연결하여 시상을 전개해 나가는 방법으로 역동적 이미지를 꾀할 수 있다. 이 작품에서는 특히 1연이 연쇄법에 의해 창작되었다. 시상 전개는 '돌샘→거울→기암→나그네 마음'의 순으로 이루어지는데 2행에서 1행에 나왔던 거울이 반복하여 나타남으로써 역동적 이미지를 연출하고 있다. 2연에서는 '깊은 산속 샘물'로 인해 돌과 바위는 '천태만상'의 형태를 지니게 되고 시적 화자의 마음도 깨끗해짐을 노래하고 있다. 결국, 시적 화자의 깨끗한 마음은 '깊은 산속 샘물'에서 비롯된다는 자연 예찬의 마음이 내재해 있다.

이 밖에도 자연에 대한 사랑으로는 「내연산 폭포골」, 「초간정」, 「한 술잔의 물」, 「거창 기백산에서 1」 등이 있다. 「내연산 폭포골」에는 청각 이미지와 시각 이미지가 잘 드러나 있다. 1연에서 폭포에서 쏟아지는 물은 염주알로 치환되며 2연에서 이 염주알은 삶의 지혜를 깨우치는 청각 이미지로 드러난다. 3연에서는 폭포에서 떨어진 계곡물은 거울로 치환되며 거울 속에 수억 년 다듬어 빛나는 역사를 배치함으로써 국토예찬을 역사예찬으로 연결하고 있다. 「초간정」에서는 초간정의 정경과 그 주변의 풍광을 노래하고 있다. 「한 술잔의 물」에서는 점층법이 뛰어난 작품이다. 점층법 역시 시조작품을 형상화하는 데 효과적인 표현기법이다. '황지연못 물줄기→낙동강→바다'로 이어지는 전개방식을 통해 우리 강 문화를 예찬하고 있다.

❷ 죽음의 추억

이재영 시인은 삶을 직조해 나가는 데 있어 세상 피조물들을 너무나 사랑했기에 죽음 또한 그 사랑에 비례하여 아픈 것이다. 그는 사랑을 불꽃에 비유했듯이 죽음 또한 깜박이는 촛불에 비유하고 있다.

깊은 밤 정적에 싸늘한 중환자실
동생은 깜박이는 촛불로 흐느끼고
내 마음 캄캄한 이 밤 하느님만 부른다

무수한 생명줄엔 생명액 공급에도
갈라진 논바닥에 쪽박으로 물 퍼붓기
생명이 생환生還하기엔 너무나도 고갈枯渴 든다

타들어 가는 명줄은 촛불의 심지 되어
몸 태워 무덤 쌓고 자멸自滅하는 최후에
그 몸은 점점 굳어져 새카맣게 탄다

초가 탈수록 잔명殘命이 줄어드는 이 한밤
생명선엔 촛농이 생生의 잔해殘害로 쌓이는데
창밖엔 무심한 유성 긴 꼬리를 흘린다

2007. 6. 25. 자정, 동생 병실을 지키며
–「깜박이는 촛불 1」

이재영의 「촛불」은 병상에서 마지막 숨을 거두는 동생의 모습을 촛불에 비유하여 알레고리 기법으로 묘사하고 있습니다. 이재영이 「촛불」에서 동생이 마지막 숨을 거두는 모습을 발견할 수 있는 것은 자연물 속에서 인간 삶을 발견할 수 있는 실감실정을 지녔기 때문에 가능한 것이다.

1연에서는 중환자실에 누워있는 동생과 깜박이는 촛불이 치환된다. 2연에서는 1연을 좀 더 구체화하고 있다. 깜박이는 촛불로 치환된 동생의 생명은 2연에서는 '갈라진 논바닥에 쪽박으로 물 퍼붓기'로 비유하여 모든 의료 행위가 소용없음을 드러낸다. 3연에서는 점점 소멸하는 동생의 생명을 새카맣게 타는 촛불의 심지에 비유하고 있다. 4연에서는 촛불이 꺼진 후의 촛농을 생의 잔해에 비유하고 있다. 이러한 일련의 과정을 통해 죽음의 과정을 생생하고 처절하게 묘사하고 있다.

이외에 죽음을 추억으로 한 작품으로는 「비운의 산새」가 있다. 「비운의 산새」 2연 초장의 '백 년도 못 사는 삶, 천 년 살 듯 가꿔놓고' 하는 부분에서 삶의 무상함을 노래하고 있다. 인간은 살아있는 동안에는 죽음을 실감하지 못하는 경우가 많다. 그래서 있지도 않을 미래까지 걱정한다. 1연과 2연에서는 천년만년 살 것 같아 생을 제대로 즐겨보지 못한 시적 대상에 대한 연민이 드러나 있다. 3연에서는 미성未成의 딸을 걱정하여 마음 놓고 떠나지 못하는 시적 대상에 대한 애처로움이 거듭 나타나고 있다.

이재영 시인은 사랑과 죽음으로 직조된 삶에 대한 추억을 시조작품으로 형상화하였다. 그는 3장 6구 12음보라는 시조의 우주 안에서 연쇄법과 점층법이라는 표현기법을 사용하여 사람과 자연을 사랑하고 죽음에 대한 아픔을 노래하고 있다. 따라서 이재영 시인은 '사랑', '죽음', '시조'라는 핵심어를 구심점으로 하여 절실한 삶을 노래한 우리 시대의 시조시인으로 기록될 것이다. 우리 삶에 있어 사랑과 죽음을 제외한다면 무엇이 더 남을수 있을까? 이재영 시인의 시조작품 안에서 사랑과 죽음을 직조한 또 다른 삶의 노래를 기대해 본다.

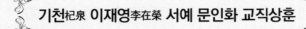

🏵 ─ 서예상

_ 제7회 국제 종합예술대전 특별상 세계 예술 교류
협회장상 (2011. 7. 3. 부산)

_ 대한민국 국제기로 미술대전 우수상
(2014. 6. 23. 서울)

_ 대한민국 기로미술대전 초대작가 (2015. 6. 15.)

_ 대한민국 향토문화 미술대전 초대작가
(2015. 11. 27. 서울)

_ 대한민국 기로미술대전 한석봉상 (2016. 5. 31.)

_ 국제종합예술대전 초대작가 (2016. 9. 25.)

_ 대한민국 향토문화 미술대전 금상
(대구시 의회 의장상, 2016. 10. 18.)

_ 대한민국 국제기로 미술대전 금상
(한국청소년활동진흥원 이사장상, 2017. 5. 31.)

_ 대한민국 향토문화미술대전(한·중·미 국제전) 대상
(2017. 10. 31. 서울)

_ 대한민국 서예 및 미술 대상전 초대작가
(2018. 5. 20. 부산)

_ 대한민국 국제기로 미술대전 정조대왕상
  (2018. 5. 31.)
_ 대한민국 향토문화미술대전 JMB 방송사 사장상
  (2018. 10. 10.)
_ 대한민국 시니어 아트대전 금장명장
  (2018. 11. 30. 서울)
_ 대한민국 국제기로미술대전 제주도 의회 의장상
  (2019. 3.)
_ 제38회 대한민국미술대전(일명 국전) 입선
  (2019. 7. 3.)
_ 대한민국 향토문화 미술대전 성균관장상
  (2019. 9. 26.)

❁ ── 문인화상

_ 대한민국 영남미술대전 입선 (2019. 1. 22.)
_ 대한민국 낙동미술대전 특별상 (2019. 8. 2.)
_ 대한민국 영남미술대전 장려상 (2020. 1. 14.)

_ 대한민국 낙동미술대전 입선 (2020. 7. 17.)

_ 대한민국 영남미술대전 장려상 (2021. 1. 19.)

_ 대한민국 낙동미술대전 삼체상 (2022. 5.)

❈── 교직상훈

_ 재단이사장 표창 4회

_ 교육감 표창 3회

   1984. 4. 21. 대구 경상여자중고등학교

   1988. 5. 14. 대구 소선여자중학교

   1990. 8. 21. 대구 경일여자중학교

_ 교육부장관 표창 1992. 12. 5. 대구 경일여자중학교

_ 대통령 표창 1998. 8. 3. 대구 경상여자중학교